前田育徳会尊経閣文庫編
尊経閣善本影印集成
27

釈日本紀 一

目録・巻一～巻八

八木書店

釋日本紀巻第一

開題

作者　大意

弘仁私記序曰

夫日本書紀者一品舎人親王（淨御原天皇第五皇子也）（文武）従

四位下勲五等太朝臣安麻呂等（王子神八井耳命之後也）

一ノ一

巻一　表紙見返／開題（本文一四頁）

二ノ六九

九又東 奥東陸 蝦夷九十五人

第廿八

天渟中 農難 渟中此云 原瀛真人天皇

第卅

諡十八氏 大三輪 ― 上道岳祖等祭 阿曇

記

二ノ九九

正安三年十一月廿日

同廿二日點校訖

一覧畢

大常卿下部朝臣兼永

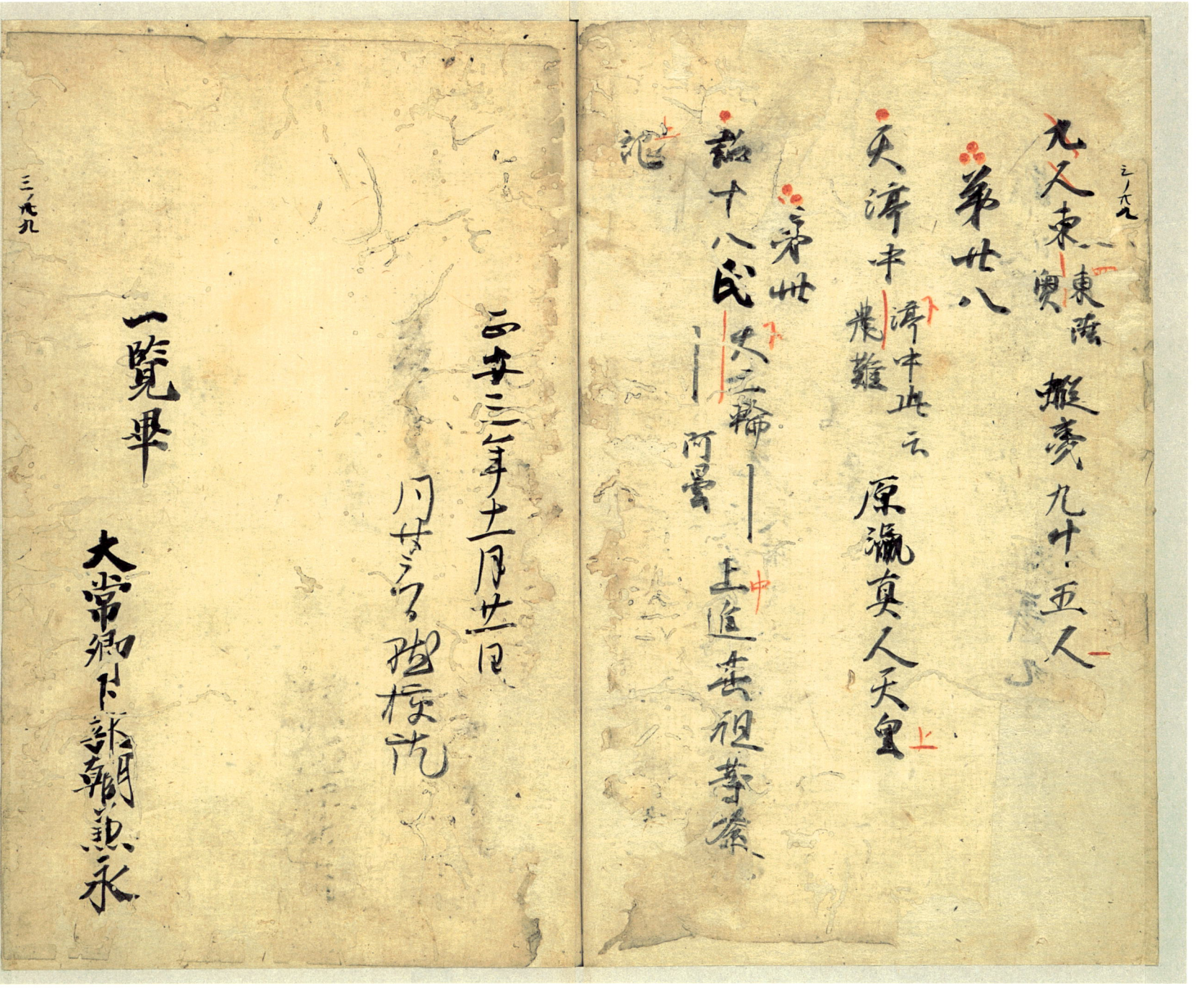

例言

一、『尊経閣善本影印集成』は、加賀・前田家に伝来した蔵書中、善本を選んで影印出版し、広く学術調査・研究に資せんとするものである。

一、本集成第四輯は、古代史籍を採りあげ、『日本書紀』『釈日本紀』『古事記』『古語拾遺』『類聚国史』の五部を九冊に編成、収載する。

一、本冊は、『釈日本紀』一として、原本二十九冊のうち、目録および巻一より巻八に至る九冊を収め、各頁に原本の見開き二面を載せ、各丁図版の下欄の左端または右端に(1オ)、(1ウ)のごとく丁付けした。

一、原本の朱点等のある箇所は、墨・朱二版に色分解して製版、印刷した。

一、本冊各頁ごとに柱をつけ、その原本第二冊以下の本文の頁の柱には、巻次および篇目を標示した。

一、冊首に目次を載せ、目録以下、巻次および篇目にそれぞれ頁数をつけて標示した。

一、本書の解説は、石上英一東京大学教授が執筆、『釈日本紀』三に収める。

平成十五年六月

前田育徳会尊経閣文庫

目次

目録……一
巻一　開題……一一
巻二　注音……五三
巻三　乱脱……七一
巻四　帝皇系図……九一
巻五　述義一　神代上……一三七
巻六　述義二　神代上……一四〇
　……一七三
巻七　述義三　神代上……一七六
　……二〇九
巻八　述義四　神代上……二一二
　……二四七
神代下……二五〇

目録

釋日本紀目録

第一　開題　　第二　注音

第三　乱脫　　第四　帝皇系圖

已上一帙　四巻

第五　述義一　第一上　　第六　述義二　第一中

録ノ一

（1オ）

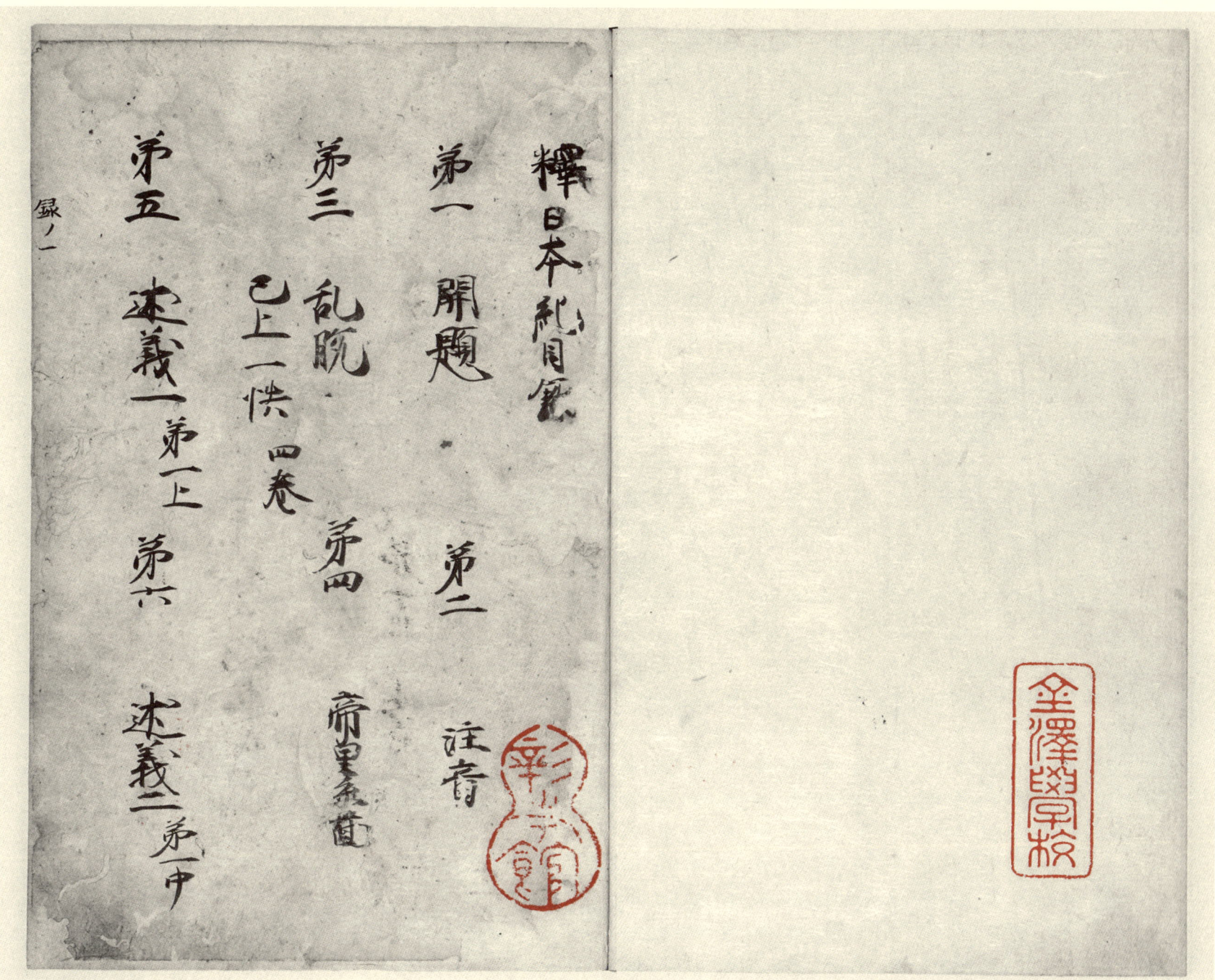

録ノ二

第七　述義三　第一下
第八　述義四　第二
第九　述義五　自第三至第五
第十　述義六　自第六至第八
已上三帙六巻
第十一　述義七　自第九至第十
第十二　述義八　自第十一至第十五
第十三　述義九　自第十六至第廿
第十四　述義十　自第廿一至第廿七

（1ウ）

第十五　述義十一　自第廿八至第卅
已上三帙五巻
第十六　秘訓一　自第一至第二
第十七　秘訓二　自第三至第十八
第十八　秘訓三　自第十九至第廿
第十九　秘訓四　自第廿一至第廿四
第廿　秘訓五　自第廿五至第廿七
第廿一　秘訓六　自第廿八至第廿九

録三

（2オ）

録四

第廿二　秘訓七　第二十

已上四帖　七巻

第廿三　和歌一　自第一至第三

第廿四　和歌二　自第五至第十

第廿五　和歌三　第十一

第廿六　和歌四　自第十二至第十五

第廿七　和歌五　自第十六至第十九

第廿八　和歌六　自第廿二至第廿七

録ノ五

已上五帖　六巻

合二十八巻　五十帖

通議大夫祠部員外郎兼藤州刺史上柱国宿祢懐賢撰

無方事也

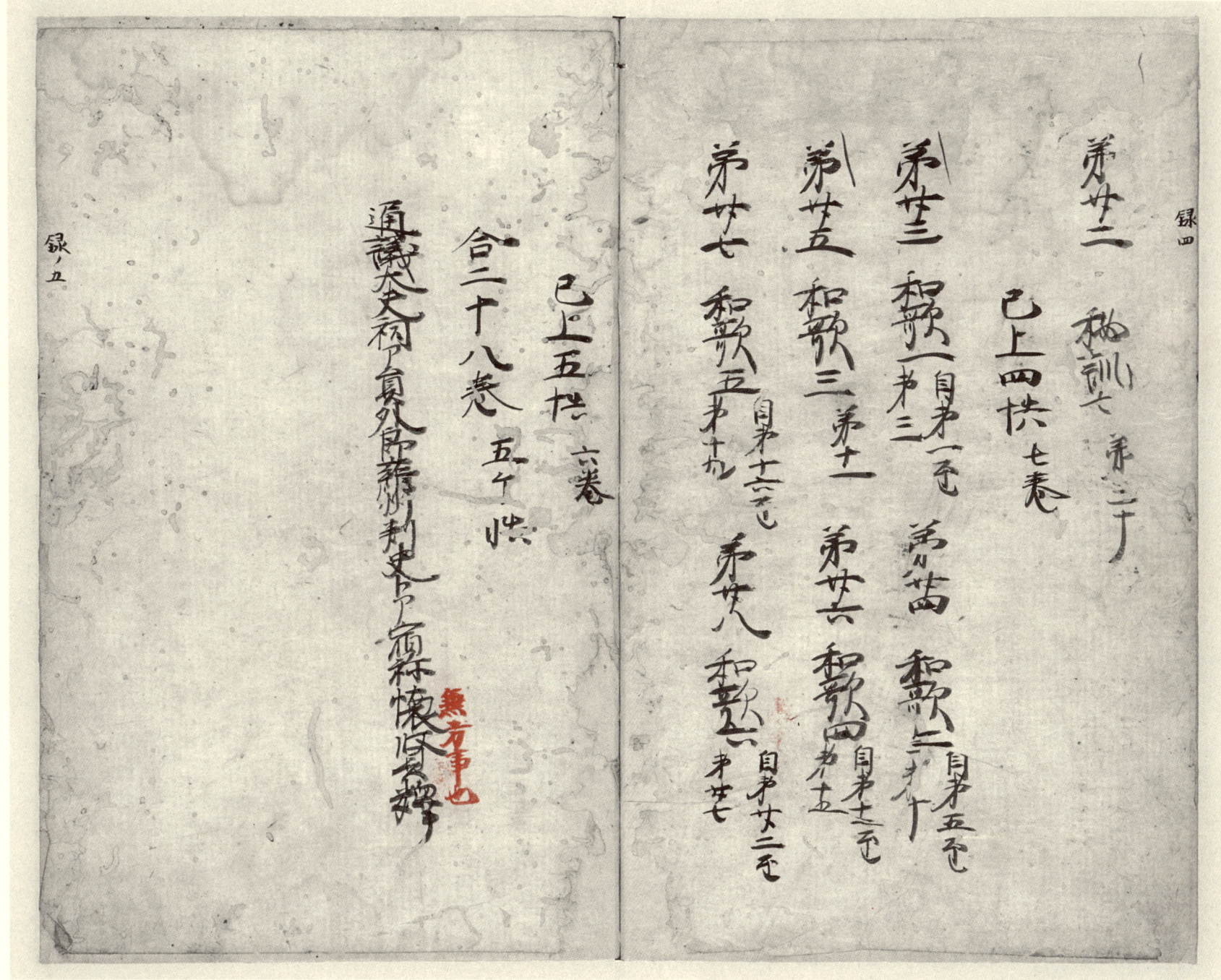

(3ウ)

巻一

開題

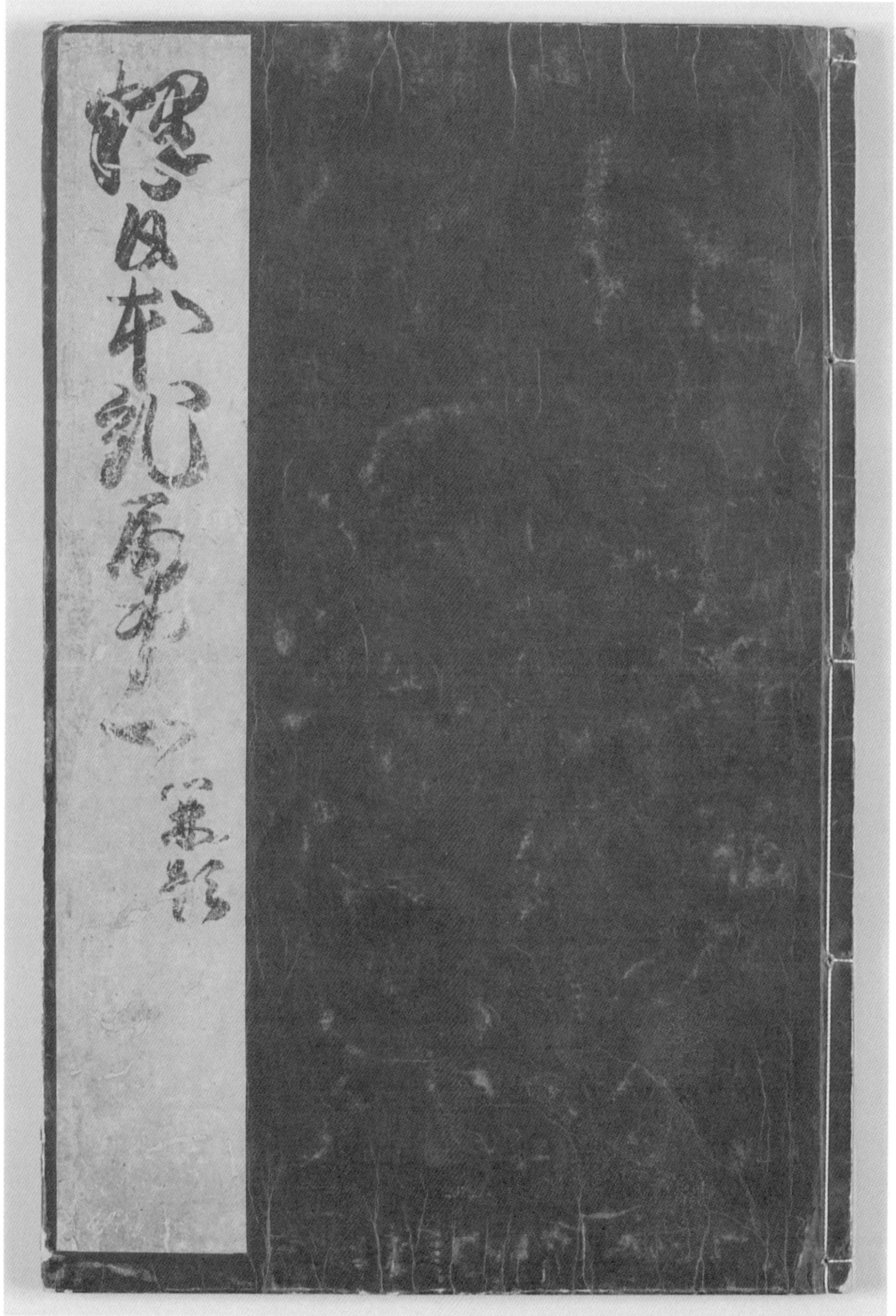

釋日本紀巻第一

開題

作者
大意

弘仁私記序曰

夫日本書紀者一品舎人親王（文武　淨御原天皇第五皇子也）従四位下勲五等太朝臣安麻呂等（王子神八井耳命之後也）奉

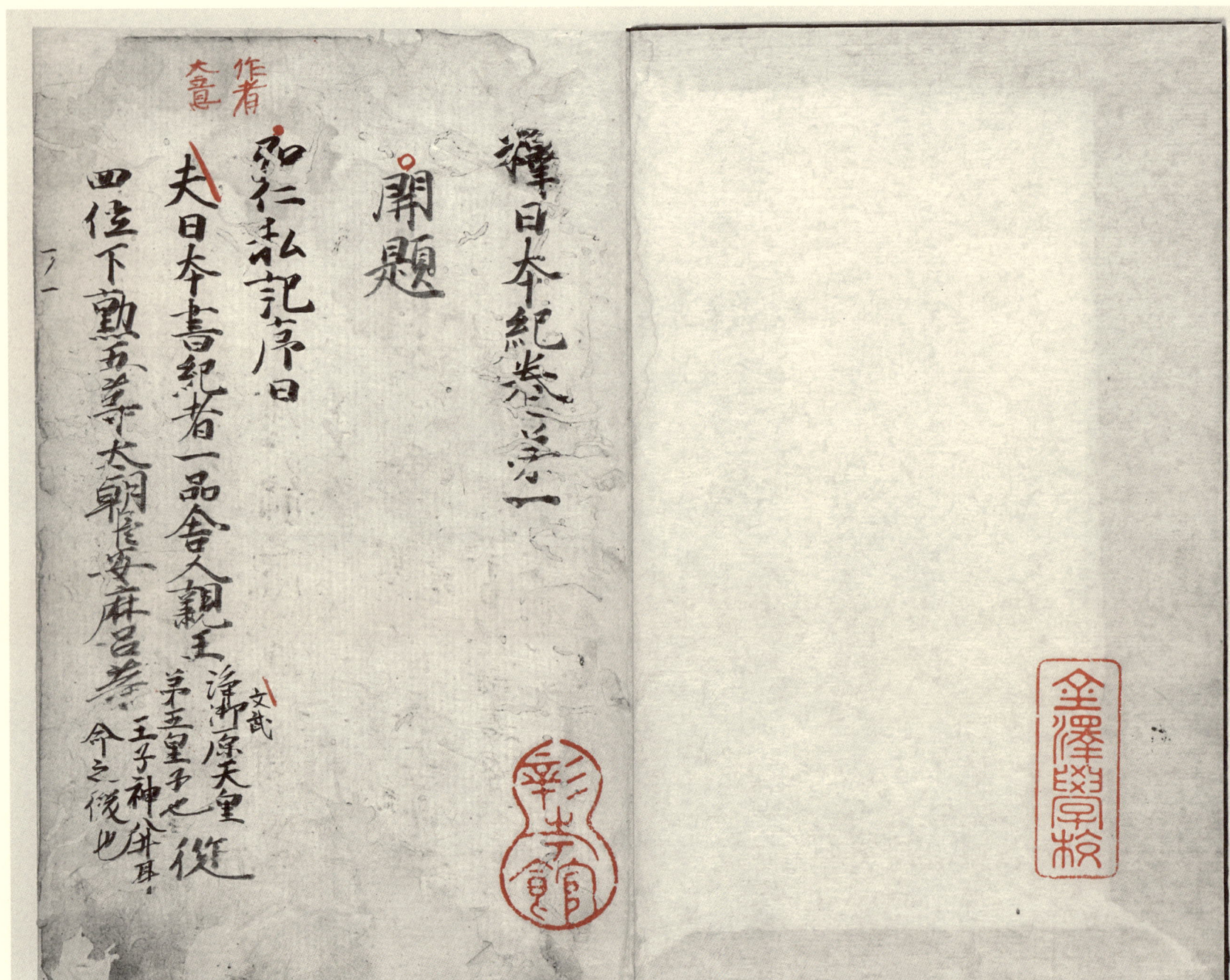

（１オ）

丁二

奉勅所撰也

元正

清足姫天皇負扆之時　浄御原天皇之孫日下太子之子也世号飯高天皇　扆ニ牖之間也負扆者言從其所據名之令業天子座之後也

親王及安麻呂等更撰此日本書紀卅巻

并帝王系圖一巻　今見在圖書寮　反民同也

(1ウ)

一ノ三

元正

養老四年五月廿一日　浄足姫天皇年号　功夫畢

奏獻於有司　今圖書寮是

上起天地混淪之先　混々純大沌也　淪ハ沈ハ混也

下終品彙甄成之後　品衆也彙類也　甄成也

神猷皇畜指掌灼然　中臣朝臣忌部宿祢等為神猷也　息長真人三國真人等為皇畜也

纂修

(2オ)

一ノ四

古風挙目明白　東漢　西漢史及百済氏等為慕化高麗新羅及東部後部氏等也　古風也

異端小説怪力乱神　一書及或説為異

端及語及諺曰小説也怪々異也大鷦鷯（仁徳）天皇御

宇之時白鳥陵人化為白鹿又蝦夷叛之垣上毛

野田道墓則大蛇瞋目出自墓以下蝦夷也力

負力也（人及）天國排開天皇御宇之時膳臣也

一ノ五

提便至新羅有鼠噬現之也提便尋至巖岫

左手執鬮右手拔劔刺殺又蠅嬴捕山

雪之類也乱々逆也蘇我入鹿共六君臣之礼

有覬覦之心也神々鬼神也大泊瀬天皇獵

於葛城山急見長人西向容儀相似天皇之

之閑名答云僕是一事主神　（此迄語名[illegible]）

為備多聞莫不該博　該備　也

（該　カイ　同　カヌ　ソナフ　ソナル）

一ノ六

續日本紀第七 曰靈龜元年九月乙未
以從四位下太朝臣安麻呂為氏長
續日本紀第八 曰養老四年五月癸酉
先是一品舍人親王奉勅脩日本記紀
至是功成奏上紀卅卷系圖一卷

（3ウ）

一ノ七

續日本紀第十二 曰天平七年十一月
乙丑知太政官事一品舍人親王薨
遣從三位鈴鹿王等監護葬事又其
儀准太政大臣令王親男女會葬
處遣中納言正三位多治比真人縣守

（4オ）

尊就第宣詔贈太政大臣親王天
渟中原瀛真人天皇之第三皇
子也

撰修之本書

問撰修此書之時以何書為本哉
答師説或云以古事記為本　或云
以先代舊事本紀為本但以古事
記為本者多有相違之文古事
記者只以立心為宗不勞文句之飾
仍撰修之間頗有改易云〻而今見此
書所載舊文者全是舊事本
紀之文也注文一書云之處多引古事
記之文况舊事本紀者上宮太子

（5オ）　（4ウ）

一ノ十
全依経史之例能勞文雖未之辞或
神名用訓之處更不改音或嶋名
用音之處忽不改訓國常立尊
殿馭慮嶋是其二端也此書解
已同彼書其所載多引彼文然則
以先代舊事本紀爲本所撰也自餘
問阿假名備之書雖有其數首稱一
書並於注

一ノ十一
考讀之所據
問考讀此書将以何書備其調度乎
答師説先代舊事本紀上宮記古事記
大倭本紀假名日本紀等是也
假名日本紀
又問假名日本紀何人所作哉又与此書先後如何
答師説元慶説云爲讀此書私所注出也作
者未詳

（5ウ）　（6オ）

一ノ十二

又問假名本元來可在焉偏其假名養老年中更撰此書、然則爲讀此書也不可謂私記
答所疑有理但未見其作者云〻今案假名本世有二部其一部者和漢之字相雜用之其一部者專用假名倭言之類上宮記之假名已在舊事本紀之前古事記之假名亦在此書之前可謂假名之本在此書之前
或書云養老　年令安麻呂等撰錄日本紀之時古語假名之書雖有數十家皆以勅語爲先然則假名之本尤在此前耳

一ノ十三

假名之起
又問假名之起當在何世哉
答神功皇后以前文書不傳已無所見至于應神天皇御宇遣使新羅招來文人令傳習文字、然則自彼御時可在之

假名之作者
又問假名字誰人所作哉
答師說大藏省御書中有肥人之字六七枚許

一丁古

先帝於御書所令寫給其字皆用假名或其々
字未明或乃川等字明見之者以彼可為始
歟

秘抄所載先達之説也下皆
效之

先師説云漢字傳來我朝者應神天皇御宇
也於和字者其起可在神代歟亀卜之術者
起自神代所謂此紀一書之説陰陽二神生
蛭兒天神以太占而卜之乃卜定時日而降
之無文字者豈可成卜哉者作者書之濫觴
可在神代者歟玄而難測伊呂波者
弘法大師所作也々申傳歟此者自昔
傳來之和字於伊呂波者被作成之歟也

題目

問此書名日本書紀其意如何
答師説依注日本國帝王事謂之日本書
紀

一丁ま

一ノ十六

又問不謂日本書又不謂日本紀只謂日本書
紀如何
答師説傳習大唐文字考九流書撰出
此書其中殊者神代之事倭歌古語
等是也又大唐稱紀者秦漢魏晋宋
齊梁陳等之中漢紀魏紀晋紀宋
紀等是也又謂之魏書晋書宋書

等也然則非依習此書而作但宋太子
詹事范蔚宗撰後漢書之時敍帝
王事謂之書紀敍臣下事謂之書
紀敍臣下事謂之書列傳然則書
紀之文依此歟
又問後漢書有帝紀列傳有異仍敍帝
王事謂之書紀敍臣下事謂之書列

一ノ十七

一ノ十八

傳而此書者不別帝紀列傳只稱書紀
如何
答師説此書雖無列傳並注帝王君
臣事仍謂之書紀但其體者習於
梁典曆春秋唐曆等紀咸以備可謂
依後漢書所稱也
延喜講記發題曰

（9ウ）

問此書号日本書紀如何　説云書本朝
事ノ故云
又問何不云倭書云日本書如何　説云
本朝地在東極近日所出文取嘉名仍号日
本書

一ノ十九

加巻字
問諸史傳經籍等只注第一第二不加巻字

（10オ）

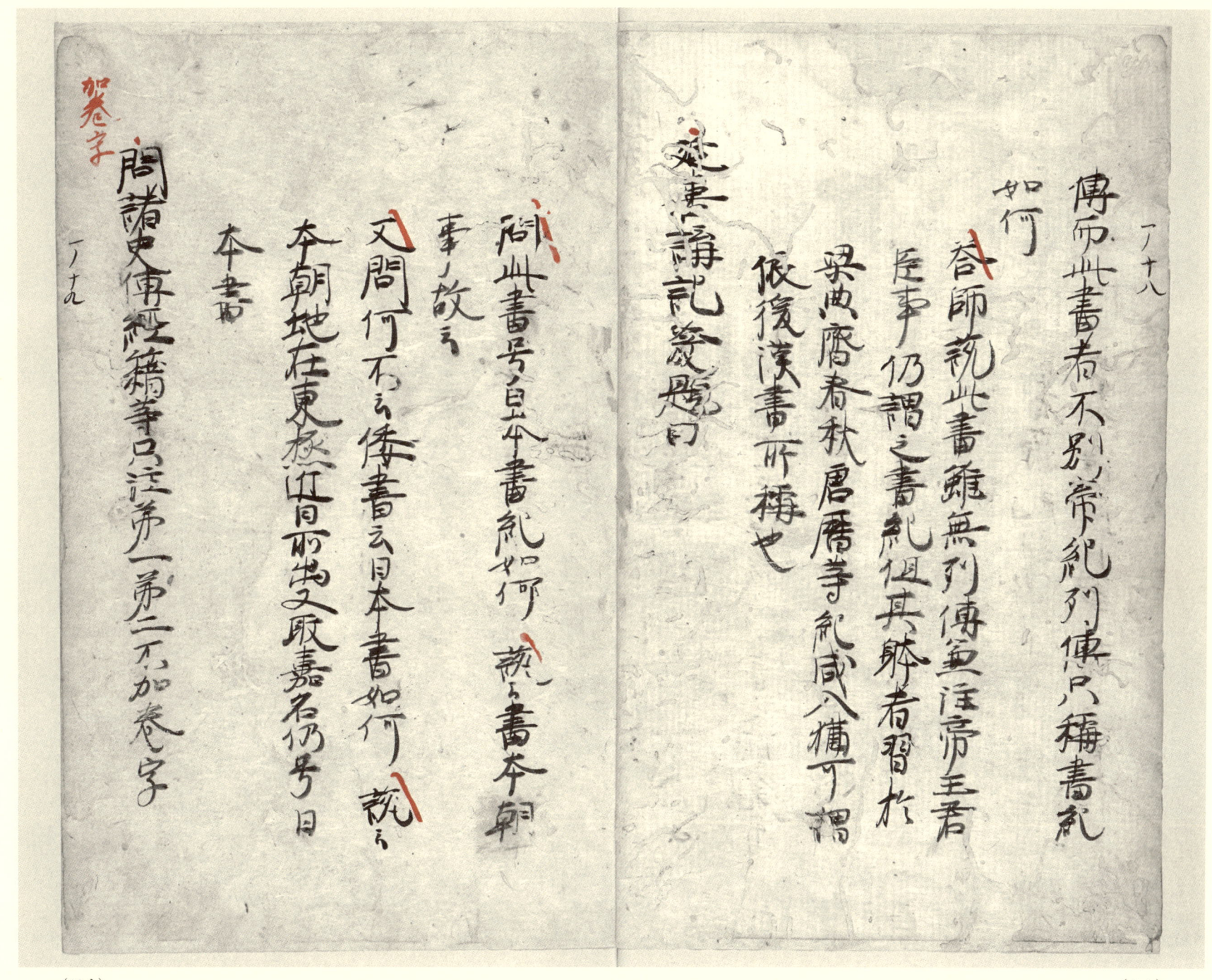

一ノ九

而此書注巻第一巻第二習何書哉

三國者魏蜀呉也

答師説三國志并淮南子等有此字

問今神代上下巻其意如何

答師説第一巻載天神七代之事故曰神

代上第二巻載地神五代之事故曰神代下也

周易有上經下經尚書有盤庚上下巻皆

上下等之篇可謂習此例歟

不注撰者

問此書不注撰者之名其由如何

答師説此書非獨安麻呂之撰仍不指

注其名但大宮史傳并諸家撰ゝ條ゝ例

或注或不注淮南子新撰陰陽書ホ

皆諸家相集之作也而淮南子不注之

新撰陰陽書注之人意不同然則撰修

此書ゝ時者随不注之例歟

一ノ十一

一ノ十二

問諸經史皆儒人所注也假令司馬遷所
作之史記班固注之昭明太子所撰之文選
李善注之類也而此書撰述之人便加
注釋其意如何
答師說作者自注之例沈約新撰并
唐曆等也又晋謝靈運山居賦自作

（11ウ）

其注則載本傳然則若獲習此等有
此注歟
問此書之注不釋史文多引載一書或說其
意如何
答師說此注之中非無解釋但又引載
一書一説或曰亦曰者上古之間好事之家
所著古語之書稍有其數也撰此書之

一ノ十三

（12オ）

一ノ七四

時雖不盡採用之名不能弃仍所加載
也是則裴松之三國志注例也弘仁三巻
私記序云异端小説怪力乱神為備
多聞莫不該博一書及或説為异端
及語及該日為小説也者此意一令叶三
國志之注也

日本倭

日本國

倭國

弘仁私記序曰日本國自大唐東去万餘里
日出東方昇于扶桑故云日本古者謂
之倭國但倭義未詳或云取称我之音
漢人所名之字也通云山跡山謂之耶
麻跡謂之止

一ノ七五

唐書曰日本國者倭國之別種也以其國在

一ノ二十六

日邊故以日本爲名或云倭國自惡其名
不雅改爲日本
後漢書東夷傳曰倭在韓東南大海中
依山島爲居
魏志曰倭國在帶方東南大海中依山島
南史曰順帝昇明二年倭王武遣使上
表言自昔祖禰躬擐甲冑跋渉山川不
遑寧處東征毛人五十五國西服衆夷
六十六國渡平海北九十五國太平御覧七百八十二四夷部四

倭

問倭字之訓其解如何　答延喜講記漢書晉
灼如淳皆有注釋然而惣無明訓字今案諸
字書等中又相無訓讀
東宮切韻曰陸法言云烏和反東海中女王

一ノ二十七

一ノ二十八

國　長孫訥言云荒外國名　薩踊云又於危
反順貌　孫愐云從貌東海中日本國也
玉篇曰於爲反　說文云順貌　詩云又爲木及國名
問虛盈倭　虛見倭　秋津嶋倭　此三倭惣是
稱此國爲倭之義也々　如此稱号差別如何
答神武天皇卅一年夏四月乙酉朔皇

虛盈倭
虛見倭
秋津嶋
倭

輿巡幸因登腋上嗛間丘而廻望國狀曰
妍哉乎國之獲矣雖内木綿之真
迮國猶如蜻蛉之臀呫焉由是始有
秋津洲之号也　又曰及至饒速日命
乗天磐船而翔行大虛也睨是郷而
降之故因目之曰虛空見日本國矣
虛盈者與虛空見之訓讀通之無別義

一ノ二十九

欲凡此紀有此國之号等曰昔伊奘諾
尊目此國曰日本者浦安國細戈千足
國磯輪上秀真國復大己貴大神目之
曰玉牆内國

日本之号自唐朝名歟

問大唐謂此國爲倭而今謂日本者是唐朝
所名歟將我國自稱歟

答
延喜講記曰自唐所号也隋文帝開皇
中入唐使小野妹子改倭号爲日本然
而依隋皇暗物理遂不許至唐曹昭
武徳中初号日本之号
延喜公望私記曰案隋書東夷傳倭
國在百濟新羅東南水陸三千里於
大海之中依山島而居卅餘國皆稱王

（16オ）　　（15ウ）

丁　丸二

隋煬帝大業三年猶當吾朝推古天皇十五年丁卯

其國境東西五月行南北三月行地勢
東高西下於邪摩推則魏志所謂邪
馬臺者也　新羅百濟皆以倭為大國
多珍物並敬仰之恒通使往來　大業
三年其王多利思比孤遣使朝貢使者曰
聞海西菩薩天子重興佛法故遣朝
拜兼沙門數十人來學佛法其國書
曰日出處天子致書日沒處天子無恙

（16ウ）

云々帝覽之不悦謂鴻臚卿曰蠻夷
書有無禮者勿復以聞云々就之案之
既自謂日出處天子不可言大唐之所名
歟云々
又答推古天皇十六年九月聘唐帝其辭
曰東天皇敬白於西皇帝云々是忽可謂日
本之濫觴也

丁　丸三

（17オ）

日本号何唐書

問号日本濫觴見大唐何時書哉

答元慶説不詳　公望私記曰大宝二年壬寅當唐則天皇后長安二年續日本紀云此歳正四位上民部卿粟田朝臣真人為遣唐持節使唐暦云此歳日本國遣其大臣朝臣真人貢方物日本國者倭國之別名也朝臣真人者猶中國地官

(17ウ)

尚書也頗讀經史容止温雅朝廷異之拜司膳員外郎云々大唐稱日本之濫觴見於此又應神天皇御時高麗上表云日本國云々然則稱日本之旨起此時歟

又師説云日本之号雖見晋恵之時義理不明

問唐國謂我國爲倭奴國其義如何

(18オ)

倭面國

一ノ二十六

答師説此國ゝ人昔到彼國唐人問云汝國之名稱如何自指東方答云和奴國耶云ゝ和奴猶言我國自其後謂之和奴國

或書曰筑紫之人隋代到彼國稱此事

又問若然者和奴之号起自隋代歟

答此号非隋時然則或書ゝ説未為全得

耶馬臺　耶摩堆　耶靡堆　倭人　倭國　倭面國

問大倭倭奴日本三名之外大唐別有稱此國之号哉

答師説史書中耶馬臺耶摩堆耶靡堆倭人倭國倭面等之号甚多但史官所記只随音而加更無他義

又問倭面之号若有所見哉

答後漢書云孝安皇帝永初元年冬十月倭面國遣使奉獻注曰倭國去樂浪万二

一ノ二十七

一ノ三十八

千里男子皆黥面文身以其文左右大小別
尊卑之差

又問耶馬臺耶摩堆耶麻堆之号若
各有心哉

答師説雖有三号其義不異皆取稱倭
之音也

倭国之中南北

問倭國之中ノ有南北二倭其意如何

答師説延喜説云北倭ヲ為此國南倭
女國云々此説已無證據未詳今得又
南北二倭者是本朝南北之邊州也
無指別也

女国
姫氏国

問此國謂東海女國又謂東海姫氏國若有其
説哉

答師説梁時寶志和尚讖云東海姫氏國
者倭國之名也今案天照大神始祖之陰神

一ノ二十九

（20オ）　（19ウ）

一ノ四中

也神功皇后又女主也就此亦義或稱女國
或稱姫氏國也謂東海者日本自大唐
當東方之間唐朝所名也

耶麻止之号

・本朝号耶麻止事　日本倭同号之
弘仁私記序曰天地剖判泥濕未乾是以
栖山往來因多蹤跡故曰耶麻止又古語謂居
住爲止言止住於山也

(20ウ)

延喜開題記曰
師説大倭國草昧之始未有居舍人民唯據
山而居仍曰山戸是留於山之意也　又或説云
開闢之始土湿而未乾至于登山人跡著
爲仍曰山跡
問云諸國人民倶據山而居耶將只大和國人
民獨據山耶　説云大和國獨有此事
問本國之号何獨取大和國爲國号耶　説云

一ノ四上

(21オ)

磐余彦天皇定天下至大和國王業始成仍以
成王業之地爲國号譬猶周成王於成周
定王業仍國号周
問初國始祖天降筑紫何國偏取倭國爲
國号　説云周后稷封邰公劉居豳王業
雖萌而武王居周始定王業仍取周爲号
本朝之書亦其如此

（21ウ）

本朝史書之始
問本朝之史以何書爲始哉
答師説以古事記爲始而今案上宮太子所撰
先代舊事本紀十巻是可謂史書之始何者
古事記者誠雖載古語文例不似史書即
其序云上古之時言意並朴敷文構句於字
即難已因訓述者詞不逮心全以音連者
事趣更長是以今或一句之中交用音

（22オ）

一ノ四十三

訓戒一事之内全以訓錄即辭理難見
以注明意云々如此則所修之旨非全史意
至于上宮太子撰繫於年繫於月全得史
傳之例然則先代舊事本紀十巻可謂
史書之始

本朝史書

本朝史書

先代舊事本紀十巻　在序

序曰聖徳太子且所撰也于時小治田豊浦宮御
宇豊御食炊屋姫天皇在位廿八年歳次庚辰
春三月甲午朔戊戌攝政上宮厩戸豊聡耳
聖徳太子尊命大臣蘇我馬子宿祢等奉勅
撰定云々十巻号曰先代舊事本紀所謂先代
舊事本紀若蓋謂用闕以爽當代以注者
也云々于時廿年歳次壬午春二月朔己丑是也
在神皇系圖
一巻

一ノ四十四

一ノ四十五

古事記三巻　在序

自神代迄推古天皇御宇

序曰臣安萬侶言云々清原大宮昇即天位云々

於是天皇詔之云々時有舎人姓稗田名阿礼

年是廿八為人聡明度日誦口耕耳勒

心即勅語阿礼令誦習帝皇日継及

先代舊辞然運移世異未行其事云々

(23ウ)

以和銅四年九月十八日詔臣安萬侶撰録

稗田阿礼所誦之勅語舊辞以献

上者云々

和銅五年正月廿八日正五位上勲

五等太朝臣安萬侶

日本書紀三十巻　無序

但師説初文天先成而地後定然

後神聖生其中焉之上有序文

一ノ四十六

自神代迄持統天皇十一年

(24オ)

一ノ四十七

續日本紀四十巻　無序
自文武天皇元年丁酉迄延暦十年十二月（桓武天皇）
従四位下行民部大輔兼左兵衛督皇太子学士菅野朝臣真道
奉　勅撰
日本後紀四十巻　在序
自延暦十一年（桓武）正月丙辰迄天長十年二月乙亥（淳和天皇）
上下四十二年勅以成四十巻
承和七年十二月九日左大臣正二位臣藤原朝臣
逢（冬）嗣以下十（人）連署

續日本後紀廿巻　在序
起自天長十年（淳和）二月乙酉訖于嘉（仁明）祥三年
三月己亥惣十八年為廿巻
貞観（清和）十一年八月十四日太政大臣従一位臣藤
原朝臣良房以下十二人連署

一ノ四十八

(25オ)

(24ウ)

一ノ廿九

日本文德天皇實録十巻　在序

起自嘉祥三年三月己亥訖于天安二年八月（仁明）（文德）

乙卯九年成十巻

元慶三年十一月十三日右大臣正三位臣藤原朝臣基経

三代者清和

日本三代實録五十巻　在序

起於天安二年八月乙卯訖于仁和三年八月丁卯

陽成光孝也

三十年為五十巻

延喜元年八月二日左大臣従二位兼行左近衛大

将臣藤原朝臣時平

諱例

日本紀諱例

康保二年外記勘申（村上）

養老五年

博士　不注

一ノ十八

嵯峨
弘仁三年　竟宴
博士刑部少輔従五位下多朝臣人長
秘訓ヲ四年ヲ云〻
今案作者
太麻呂後〻
竟宴
仁明
承和六年六月一日
元慶竟宴序云
洎于承和十載有
博士使従五位下〻
菅野朝臣高年云〻
博士　散位菅野朝臣高年
元平ノ
於建春門南腋曹司講之

陽成
元慶二年二月廿五日
竟宴
博士伊豫介善淵朝臣愛成
敷政門外宜陽東廂講之
夫於敷政門外宜陽東廂講日本紀
竟宴之序ヲ右相府
命秘書監善大夫
竟宴　同六年秋八月
序云有従五位下行大内記菅野朝臣惟肖

一丿あ十三
歌人 兵部卿本康親王以下廿人 博士序者加之
序云中間相府轉太政大臣秘書拜慶州
別駕壬寅歳秋八月相府率唱群公
聊行流章之礼
延喜四年八月廿一日 或云前下野守云々
博士 從五位下大學頭藤原朝臣春海

講師 不注
竟宴 同六年閏十二月十七日 同之
序者 從五位下行大内記兼周防權介三統宿祢理平
歌人兵部卿貞保親王以下廿六人
序云甲子歳降綸旨令大學頭大吏執之始於
四年秋八月廿一日終於六年冬十月廿二日即閏
十二月廿七日聊展師礼以成竟宴
一丿あ十七

一ノ五十五

朱雀
承平六年十二月八日
博士　従五位下行紀伊権介矢田部宿祢公望
宜陽殿東廂講之
竟宴　天慶六年十二月廿四日　依乱逆延引
序者従五位下行大内記兼近江権介橘朝臣直幹
歌人　中務卿重明親王以下卅七人
序云承平六年冬令阿州別駕田大夫説

之中間別駕兼受遷美州紀州天慶六年九
月侍講授始畢至其十二月廿四日所仍
舊貫之儀以行竟宴之礼

村上
康保二年八月十三日
博士　備中守橘朝臣仲遠　承平尚復云々
宜陽殿東廂講之

一ノ五十六

一ノ四十七

竟宴

日本後紀第廿二曰弘仁三年六月戊子是日始
令参議従四位下紀朝臣廣濱陰陽頭正五位上
下阿倍朝臣真勝等十餘人讀日本紀散位
従五位下多朝臣人長執講

續日本後紀第十三曰承和十年六月朔令
知古事者散位正六位上菅野高年於内史局

始讀日本紀

三代實録第卅三曰元慶二年二月廿五日辛卯
於宜陽殿東廂令従五位下行助教善淵朝臣
愛成始讀日本紀従五位下行大外記嶋田朝臣
良臣為都講右大臣已下参議已上聴受其説

同第卅五曰元慶三年五月七日丙申令従五位下守

一ノ四十八

（30オ）　（29ウ）

一ノ五下a

圖書頭善淵朝臣愛成於宜陽殿東廂古讀
日本紀喚明經記（紕ん）傳生三四人爲都講大臣已下
毎日聽讀前年始讀中間停癈故更始讀
焉

同第四十二
日元慶六年八月廿九日戊辰於侍從所
南右大臣曹司設日本紀竟宴先是元慶二
年二月廿五日於宜陽殿設東廂本（令ん）從五位下助

教善淵朝臣愛成讀日本紀從五位下大外記
嶋田朝臣良臣及文章明經得業生學生數
人爲都講太政大臣右大臣及諸公卿並聽之
五年六月廿九日講竟至是申澆章之宴親
王已下五位已上畢至抄日本紀中聖德帝
王有名諸臣分充太政大臣已下預講席六位
已上各作倭歌自餘當日探（檢ん）史之作之琴歌
繁會歡飲竟景（宴ん）儒士及都講賜物有差

一ノ六下

一八六一

五位已上賜内蔵寮綿行事外記史預焉

新国史曰延喜四年八月廿一日壬子是日於宜陽殿
東廂令初講日本紀也前下野守藤原朝臣春
海為博士紀伝学生矢田部公望明経生葛
井清鑒亦爲尚復云々 親王大夫咸以會矣特
召大舎人頭 良岑宿祢高尚文章生惟三善祖
請行式部大輔藤原朝臣菅根大内記三統
宿祢理平式部少丞大江千古民部少丞藤原
從高大内記藤原博文亦令預講座焉

修国史

修国史事
新儀式曰修国史陽三四代修之先定其人一上
奉勅執行参議一人大外記并儒士之中擢堪筆削
者一人令制作之諸司官人堪事者四五人令候其所
修畢奏進之後須下所司

一八六二

（32オ）　（31ウ）

一ノ六十三

西宮記曰　下宣旨事、内

修國史撰式所別當寄人事

御書所寄人事　以上藏人仰弁下奉

北堂講書事

講日本紀尚復召人等事

已上仰外記

御讀書事

付竟宴

新儀式曰　若有御讀書事、豫定其書并博

士尚復　舊例七經召明經博士、史書召紀傳博士、群

書治要或用明經紀傳各一人、近代雖下御

讀七經只以紀傳道儒博學被聽昇殿之輩、充

爲侍讀之人、又尚復以六位藏人昇殿人中成業者

便爲都講、或召非殿上者

當日早且藏人奉仰行事、其儀當東廂

御簾畫御座前立御書案、孫廂南第五

間鋪菅圓座爲博士座（南面）第三間鋪

一ノ六十七

一ノ六七

同日座為尚復座　西面　第一二三間鋪疊西
王卿座南廂小板敷鋪疊爲出居座
其東鋪疊爲侍臣座時射中少將者座
次王卿　仁和三年下宣旨於左右近衛陣御讀
書間公卿許昇殿者
次博士次尚復　博士尚笏　劉書巻　次侍臣　各握　書巻　尚復
稱文博士讀竟尚復畢先退下次博士
次王卿次侍臣次中少將　後日博士尚復依
呂參上如前但大柎出居座　但博士尚復之

一ノ六十八

時出居
着座矣　尚復先讀點　此間侍臣若有讀横　點若尚復博士相共説
次稱文讀畢　尚復先退下次博士
但竟宴之時無母屋御簾孫廂南第五
間北邊鋪兩面端疊爲博士座　如例南面　參議式部
大輔菅原是善朝臣刑部大輔菅
野朝臣佐世二人爲尋者也　公卿座如常
御書御座殿上王卿依召參上　貞觀十七年於綾綺

（34オ）　（33ウ）

一七

殿有此宴諸卿參上別召非參議四位四人并尚
複山城權介善淵朝臣愛成陪殿西廂
次博士穀倉院設王卿饌内藏寮先賜酒
設博士饌亦賜侍從
饌博士次賜王卿禄綿三匹之後大臣奉
勅召可獻題之人仰之隨即獻之退
却次第四両立文臺次御厨子所供菓
子干物御酒次獻詩畢即侍臣堪

(34ウ)

某事令讀之
貞觀令參議立日大將
作序并為講師之
事
畢給禄有差
博士白褂一重加給御衣
襲又貞觀二年十二月廿
二日御注孝經竟宴
以勅授博士從五位上
大春日朝臣雄繼可正五位下近
代又同有類是宴者

一文ノ

丁卯八

(35オ)

丁亥也

正安三年十一月廿二日

同廿三日挑燈點校了

一部一見畢

大常卿卜部朝臣兼永

巻二

注音

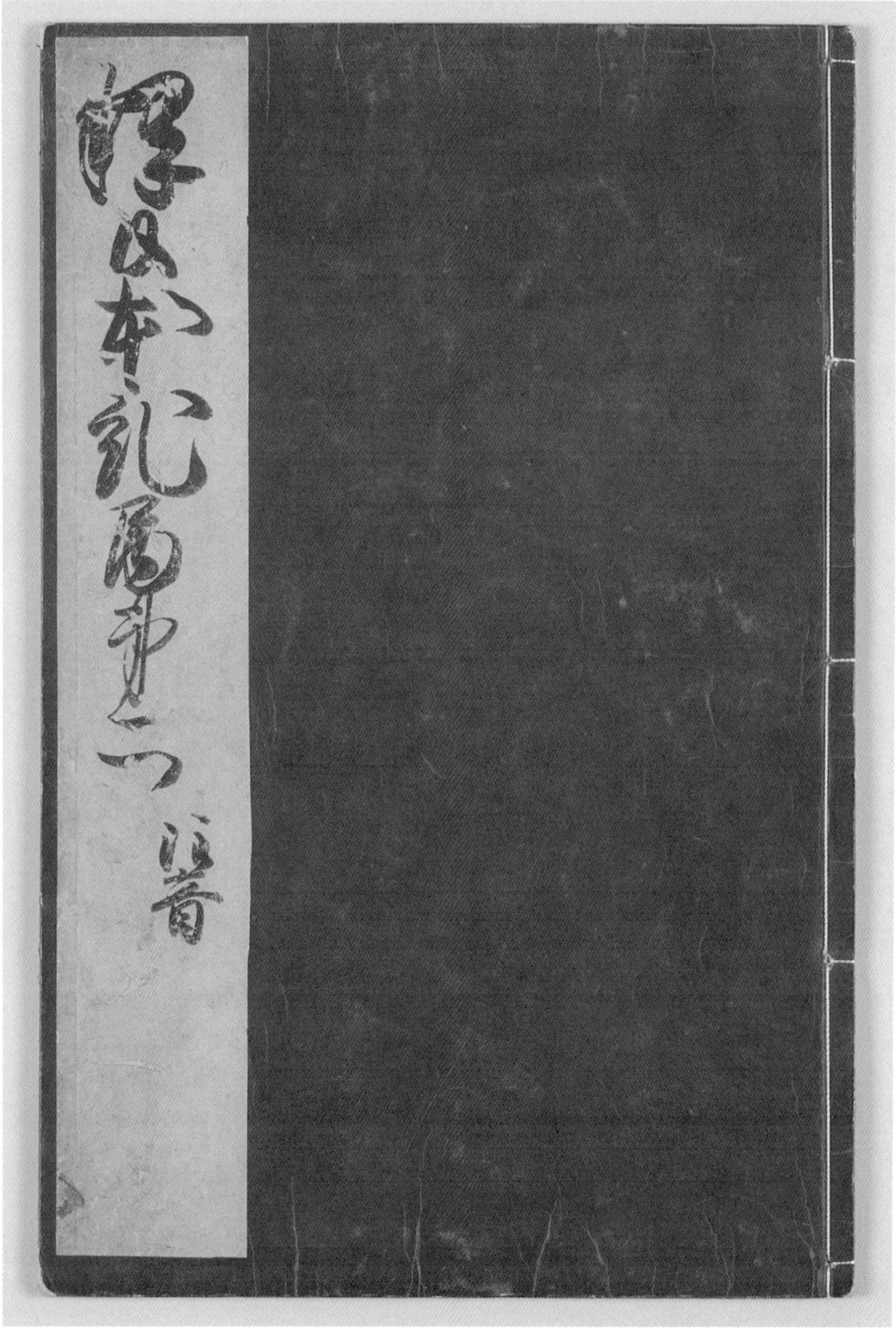

釋日本紀巻第二

注音

第一

至貴曰尊　自餘曰命　並訓美擧

等也　下皆效此

葉木國　可美

彦舅

二ノ一

（１オ）

二ノ二

皇産靈　泥土　沙土　沫蕩

熾爨也　瓊矛也　柱　少男

少女　日本　瑞　妍哉　可愛

太白　大日孁貴　顧眄之間

罔象　天吉葛　倉稲魂　少童

顛邊　脚邊　熯之也　靇　[illegible]

（1ウ）

飡泉之竈　秉炬　不須也　汚穢

醜女　背揮　泉津平坂　尿

絶妻之誓　岐神　檍　麓山足曰麓

正勝　雖　不須於頗　保食神

顕見　蒼生　少宮　御統　千箭

二ノ三

（2オ）

二ノ七

積威　蹴散　雄誥　嘖讓

誓約之中　結然　唱噺　吹棄　氣噴之

狭霧　熳千也　重播種子　毀

和幣　蘿　手繦　覆槽

顯神明之憑談　縄亦云左縄端出

二ノ五

石凝姥　全剝　送奠　玉鐵　杖其

手端吉棄　神祝祝之　遂之

廢渠槽　捶籤　興台　産靈　太諄辞

轣轆然　瑲瑲　赤酸醬　草薙劒

清地　篠小竹也　大己貴　奇古ノ

(3ウ)

牧 顯 蹴鞠 筆硯 齋祓 鶴鷺
大人 植 枯木 天探女 味耜 隈
第二
磐船長 經漢 三穂 柴 船舵
倭文神 天磐座 立於浮渚在平處
頃丘 覔國 行去 次關伴 高蜀

(4オ)

頤頷頥 齊主
頭髄 老翁 欻吹 顯露 廱遏 梔
添山 秀起 牽 可憐 汀 五月蠅
頭鎚 老翁 柳 喧響 五月蠅
鯛眞名也 上囱 海驢 跟蹄釣 瘕
駿釣 八十連屬 飄蕩平

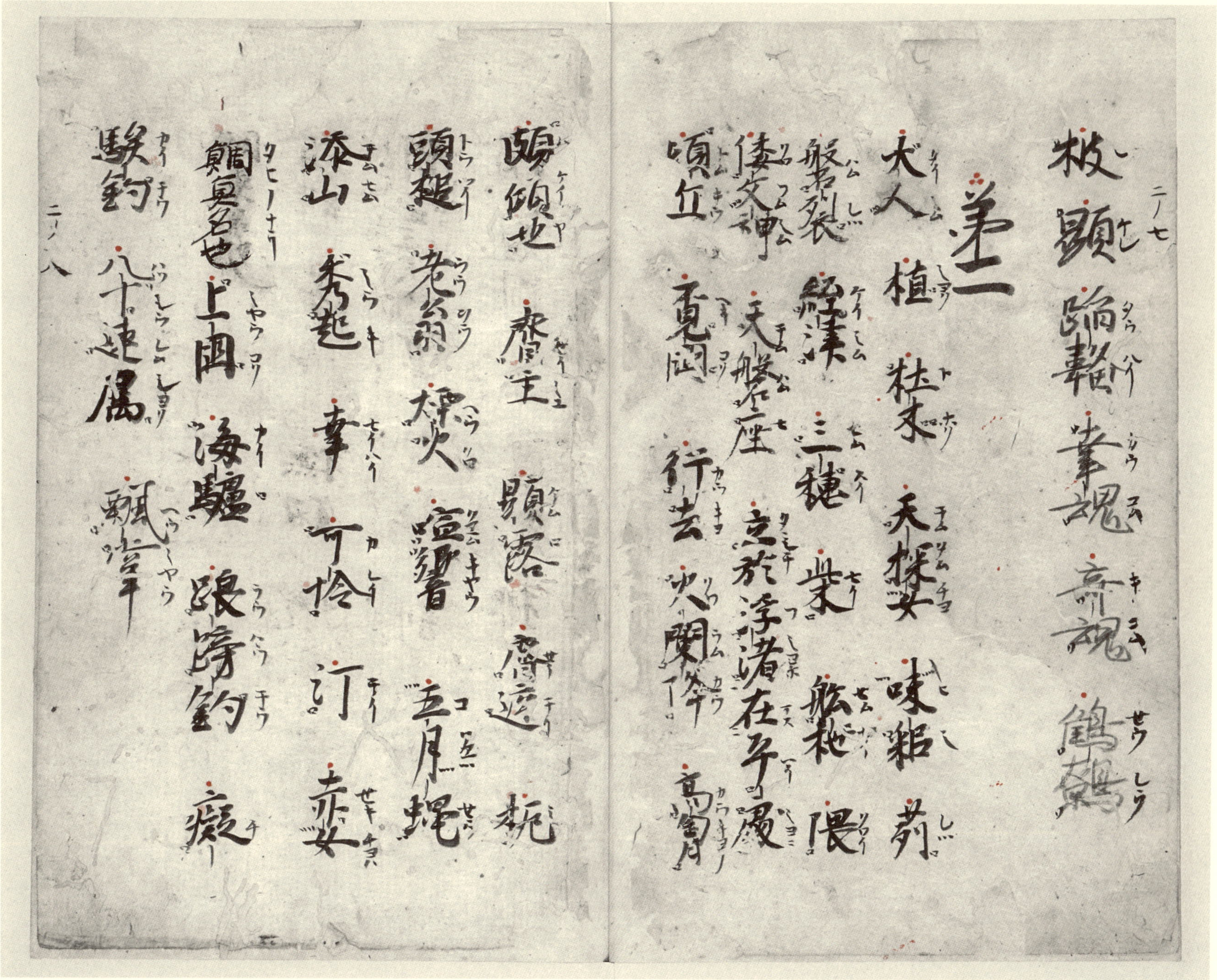

二ノ九

椎
第三　菀使者地苍也　一柱騰宮　詑
雄誥　弟淳　撫鈒　慨哉　一ノ畔
閣哂樓之所書写　諸　靜靈　兮苍
猾　魁帥　余　謡　梯剣　梁　苍

苴檐　梟帥　磯　香山　弄寛
巌瓮　巌呪詛　犬醜　弄技　被　顕厰
目家女　稲魂女　遇音倭　厭　葉盤
倉下　饒速日　可美真手　丘嶋

二ノ八十

坂下　行居　行立　乞睡居

畝傍山　弥彦　猟武　秀真国

第四

春日

第五

聿川

連離　踦跙　玎頭　急居　蓑

第六

枚挙　嘬筱　乞余　裸伴　神庫

香菓

第七

郎姫　童男　深宮　木　碩由　乾

ニノ十

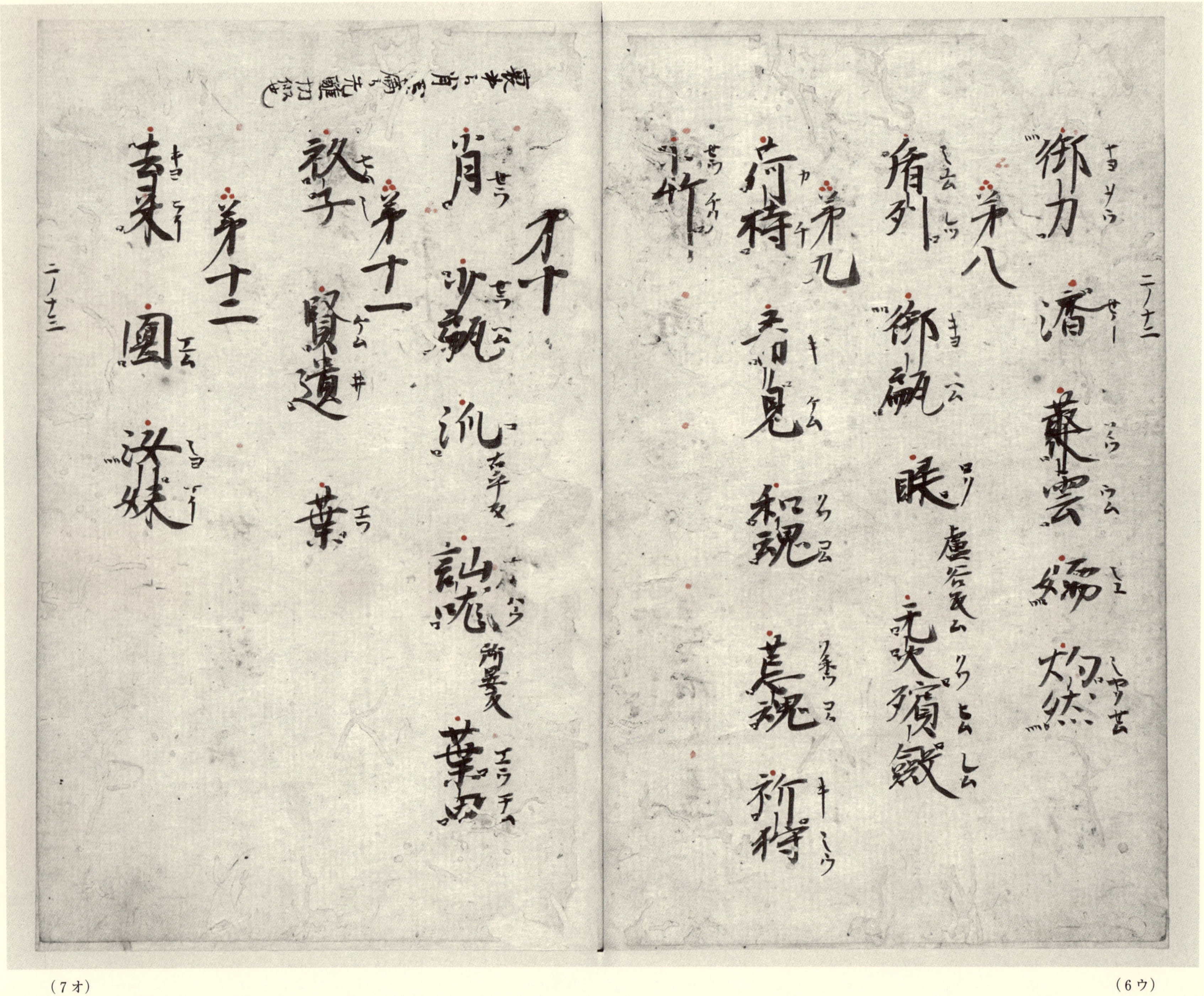

（7オ）　（6ウ）

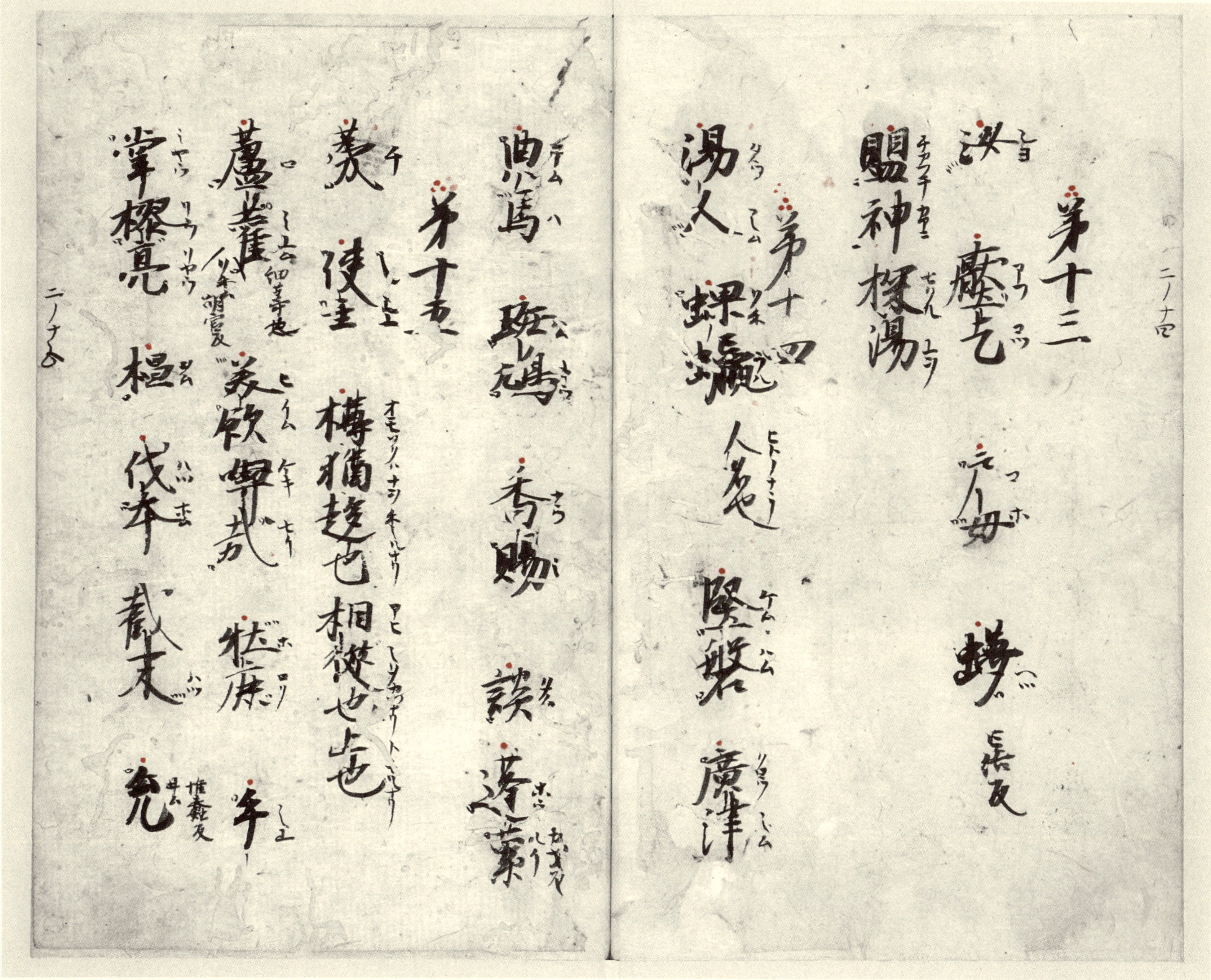

二ノナ四

第十三

洩　歴乞　叱毋　[illegible]

盟神探湯

第十四

湯人　螺贏　人名也　堅磐　廣津

二ノナ五

[illegible]馬

第十五

斑駒　[illegible]

使主

構猶趁也　相[illegible]也

蘆萑　細草也

掌　樛亮　[illegible]

（8オ）　（7ウ）

（8ウ）

二ノ十六

言於母亦兄於吾亦兄

言吾夫何捨矣　言鄉里奥婁

言鑄白水郎瞋　言尖婁

歌場第十六

第十七

（9オ）

開　吾箇

第十八　花　木連子　我麻　綻

蘇橋　第十九　田令　叫兎也　傾子

第廿

二ノ十七

二ノ十八

奩　槌嚢　戰慄也

氷泚　第廿一

赤榛　匂膠木

䅌　第廿二

騷花

第廿三

厳　第廿四

薫白　水鶏　乳鋪

休息第鶏也

鴇鶉同也

蒡桙　谷

第廿五

罍兄

二ノ十九

蘚龜　鋤奥　菊醍

醜　咊經　巻　二ノ二十

第廿六

田身山岩　傴僂 都高反　手　梼 徒蒿反　川上

瞻振組　肉入籠　閉苑　苑練名

後　羊蹄　言屋　弊賂　瀧漢

第廿七 無注音

第廿八

淨中　竹襪 先馬反

第廿九

齋志　次　平鳥　椹　肩巾

二ノ二十一

（11オ）　（10ウ）

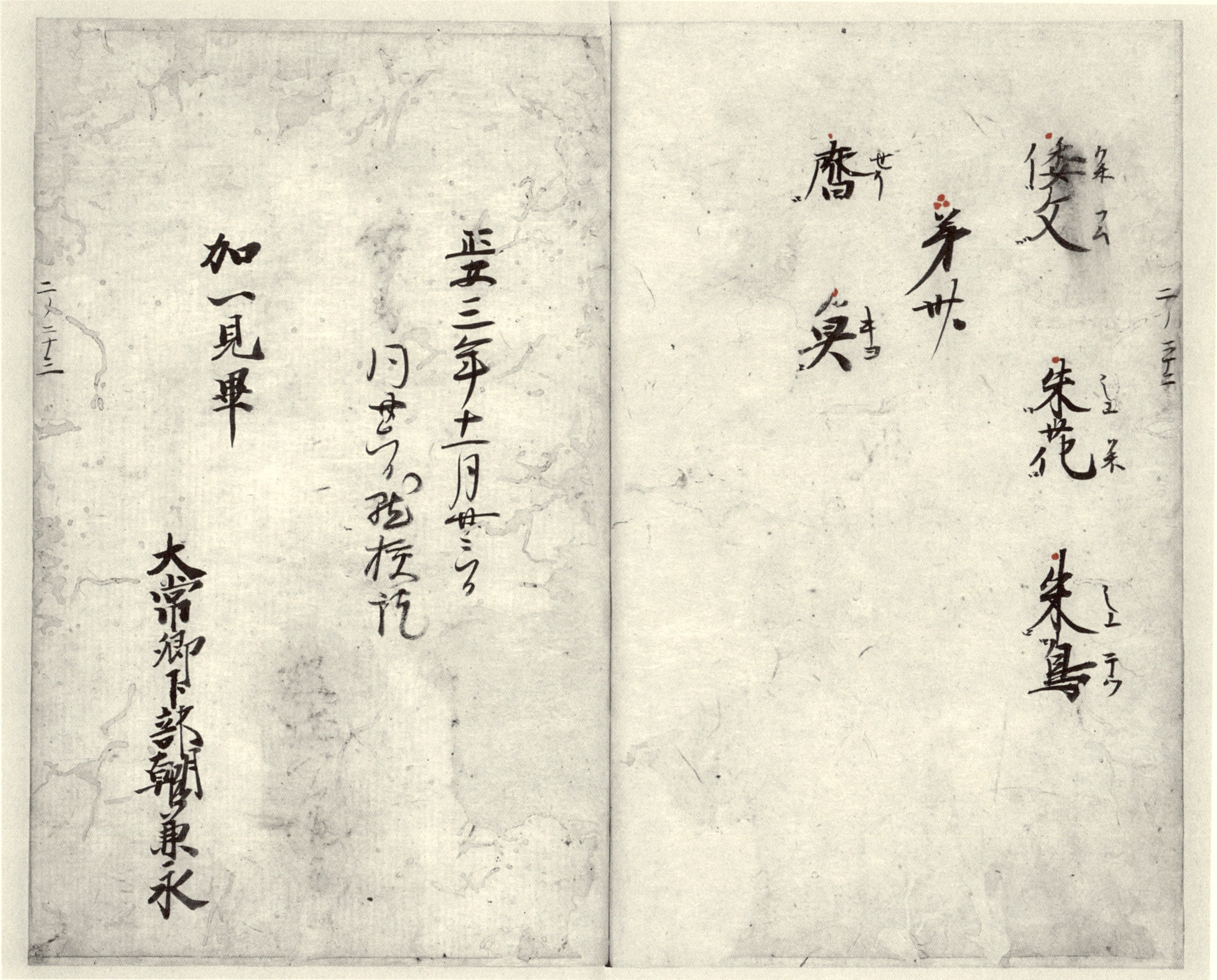

（12オ）

（11ウ）

(12ウ)

巻三　乱脱

浮世本記巻第三　乱脱

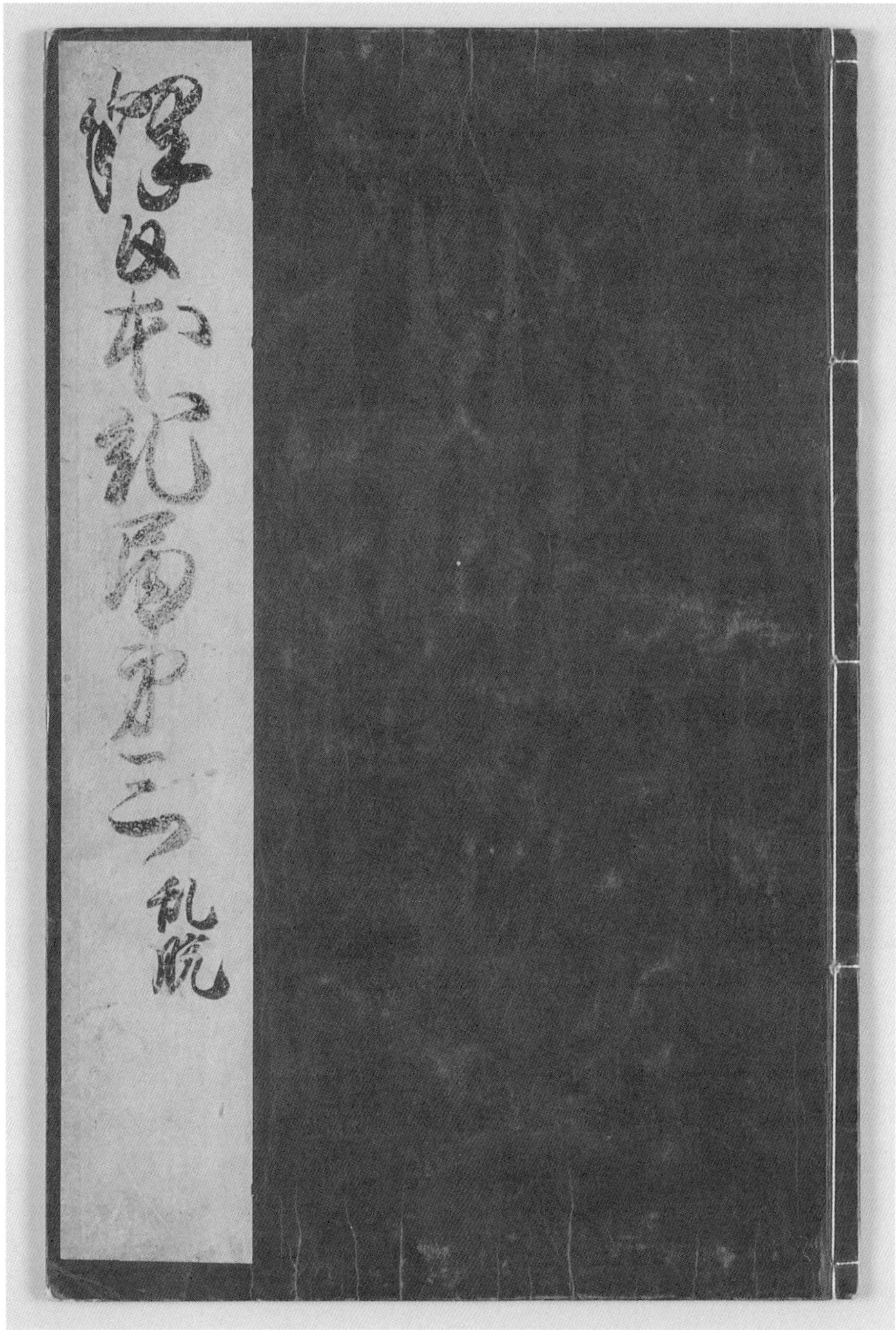

釋日本紀巻第三

乱脱

乱脱一
第一

亦曰葉木國野尊亦曰見野尊　一書曰古　一終三
國稚地稚之時譬猶浮膏而漂蕩于時
國中生物状如葦牙之抽出也因此有化生之
神號可美葦牙彦舅尊次國常立尊次

三ノ一

三ノ二

國狭槌尊葉木國此云播挙矩介可美

此云于麻時

師説見野尊之次可讀葉木國云云乱

皖是也或又直讀之

次有神埿土煮尊　埿土此云于毘尼　沙土煮尊

沙土煮尊　沙土此云須毘尼亦曰埿土根尊沙土根尊　次有

此云于毘尼

（1ウ）

三ノ三

神大戸之道尊　一云大戸之邊　大苫邊尊　亦曰大戸

摩彦尊大戸摩姫尊

亦曰大富道尊大富邊尊

遉以天之瓊　瓊此云努　矛指下而探之

適生大日本　日本此云耶麻騰下皆效此　豐秋津洲

乃遣泉津醜女八人　一云泉津日狭女　追留之

乱脱

伊奘諾尊拔劔之曰可以任情行矣乃逐之

（2オ）

三ノ四

一書曰伊奘諾尊拔劔
倉稲魂此云宇介能美拕磨
檍此云阿波岐　二終
師説乃逆之〻次可讀倉稲魂以下
或又直讀連し
便以八坂瓊之五百箇御統　御統此云美須磨

屢　纏其髻鬘及腕又背負千箭之
靫　千箭此云知能梨　與五百箭之靫　三終
發稜威之嘖讓　嘖讓此云舉廬毗　而俓詰問焉
夫誓約之中　誓約之中此云宇氣譬能美儺箇　必當生子
春則重播種子　重播種子此云璽枳磨枳　且毀其畔

三ノ五

[illegible]此云波那豆

下枝懸青和幣（和幣此云尼枳底）白和幣相

與致其祈禱焉

以蘿（蘿此云比舸礙）爲手繦（手繦此云多須枳）而火處

燒覆槽置（覆槽此云于該）顯神明憑

談（顯神明之憑談此云歌牟鵝可梨）

并作俳優（俳優此云佐受枳）八間各置一口槽

而盛酒以待之也

第二

其雉飛降止於天稚彦門前所植

三ノ八

植此云多
庶妻　湯津杜木之杪　杜木此云可豆邏
則採其帯劒大葉苅　苅此云我里爾亦名神戸劒
以所作長尾
會日磐裂（磐筒男磐筒女所生之子）　磐裂此云以簸娑窶　根裂神之子
經津　經津此云賦都　主神是將佳也

其子事代主神遊行在於出雲
三穂　三穂此云美保　之碕
故以熊野諸手船　亦名天鴿船　載使者稻
背脛遣之
而於海中造八重蒼柴籬　柴此云府璽

三ノ九

三ノ十

蹈船枻船枻此云浮那能倍而避之
於是二神誅諸不順鬼神等一云二神
果以復命
既而皇孫遊行之状也者則自槵日二
上天浮橋立於浮渚在平處立於浮渚在平處此

（5ウ）

三ノ十一

云羽企尒磨梨陀毗邏而陀々志而膂宍之空國自頓
丘覓國行去頓丘此云毗陀烏覓國此云矩貳磨儴行去此云騰褒屢
到於吾田長笠狭之碕矣
第三
乃撫劔而雄誥之曰撫劔此云都盧耆能多伽彌屠利辭

（6オ）

三ノ十二

厲魘
慨㦲大丈夫 慨哉此云于黎多棄伽夜 被傷
於虜手将不報而死耶
夢有天神訓之曰宜取天香山社中土
香山此云介遇夜摩 以造天平瓮八十枚 平瓮此云毗邏介
并造嚴瓮 而敬祭天神地祇 嚴瓮此云伊都背

時群虜見二人大咲之曰大醜乎 大醜此云鞅奈
游侎 花父老嫗
句
於是天皇甚悦乃以此埴造作八十平瓮
天手抉八十枚 手抉此云多衢餌離 嚴瓮而陟
于丹生川上用祭天神地祇

三ノ十二

兄磯城忿之曰聞天壓神至所吾爲
慨憤時奈何烏鳥若此悪鳴耶 壓者乃 飫蒭
彎弓射之
是娶吾妹三炊屋媛 亦名長髄媛亦名 鳥見屋媛
遂有兒息名曰可美真手命 可美真手 此云于魔詩

（7ウ）

奏耐
觀夫畝傍山 畝傍山此云宇禰縻夜摩 東南橿原地
者蓋國之墺區乎可治之
第四
立渟名底仲媛命 亦曰渟名 襲媛 爲皇后

（8オ）

二ノ十六

第五

則遣矢田部造遠祖武諸隅一書云一名大母隅也而使献

第六

郎天皇勅湯河板挙板挙此云拕儺日汝献是鳥必敦賞矣

（８ウ）

則留于但馬国其国前津耳一云前津見一云太耳女麻拕能烏生但馬諸助是清彦之祖父也

第七

立播磨稲日大郎姫一云稲日稚郎姫郎姫此云異羅菟咩為皇后

十七

（９オ）

三ノ十八

遣屋主忍男武雄心命（一云武猪心）令祭

第九

且荷持田村（荷持此云能登利）有羽白熊鷲者

第十

更賓亦移居於葉田（葉田此云簸娜）葦守宮

第十一

小泊瀬造祖宿祢臣賜名曰賢遺（賢遺此云左河能）

莒里臣七

即取其處之御縵葉（葉此云箇始娑）而還

第十二

圓（圓此云豆夫羅）大使主共執國事

三ノ廿

（10オ）　　（9ウ）

三ノ九

第十四

乃情盤樂極間以言談顧謂皇后 去来穂別天皇女ヽ

｜｜ 宍穂天皇紀 曰吾妹 稱妻為妹 蓋古之俗乎 汝雖

親暱朕長眉輪王

爰命ノ螺蠃 螺蠃人名ヽ 此云須我屢 聚國内蚕

第十五

(10ウ)

脚ノ日本此倭山牡鹿之南 牡鹿此云左烏子加

攣ノ而吾攣ヽ者

答曰秋蒐之韓變 變也 變重 納可思惟 矣ノ

嫁於鋳白水郎暎 吉鋳白水郎暎此云柯羅 摩能波𨌶說暎耕麦

田之 生央女 也

第十七

三ノ二十

(11オ)

余歸寧高向〔高向者越前國邑名〕奉養天皇
每州安置三種白髮部〔言三種者一白髮部舍人二白髮部供膳三白髮部靫負〕以留後世之名
第十八
立許勢男人大臣女紗手媛紗手媛弟
香々有媛物部木蓮子〔木蓮子此云伊拕寐〕

三ノ十三

大連女宅媛
以櫻井屯倉〔一本云加貯茅渟山屯倉〕與每國田部〻〻
賜香々有媛
乃獻十市部伊勢國來狹々登伊〔來狹々登伊二邑名也〕
贄土師部筑紫國膽狹山部也

第十九

三ノ丁四

乃遣使召日本府
百濟本記云遣召烏胡跛臣
蓋是的臣也

与任那

遣使詔于百濟
百濟本記云三月十二日辛
酉日本使人阿比多率三舟

来至
都下
曰

第廿一

即遣守屋大連
或本云穴穗部皇子与
泊瀬部皇子相計而遣

守屋大
連
曰

大連聞之即退於阿都
阿都大連之別
業所在地名也

集聚人焉

是時厩戸皇子束髪於額
古俗年少兒
年十五六間

束髪於額十七八間分為角子今亦然之

三ノ裏

而随軍後

第卅三　二ノ九六

如巌弟　巌弟此云伊簡之保座　取中卓而巻

請人寄也

第卅四

天豊財重日　重日此云伊柯之比　足姫天皇

第卅五

轉穢於古人大兄　更名古人大市皇子　曰

大佛長徳　字馬飼

第卅六

於難波朝饗北　北越　蝦夷九十九人

三ノ九七

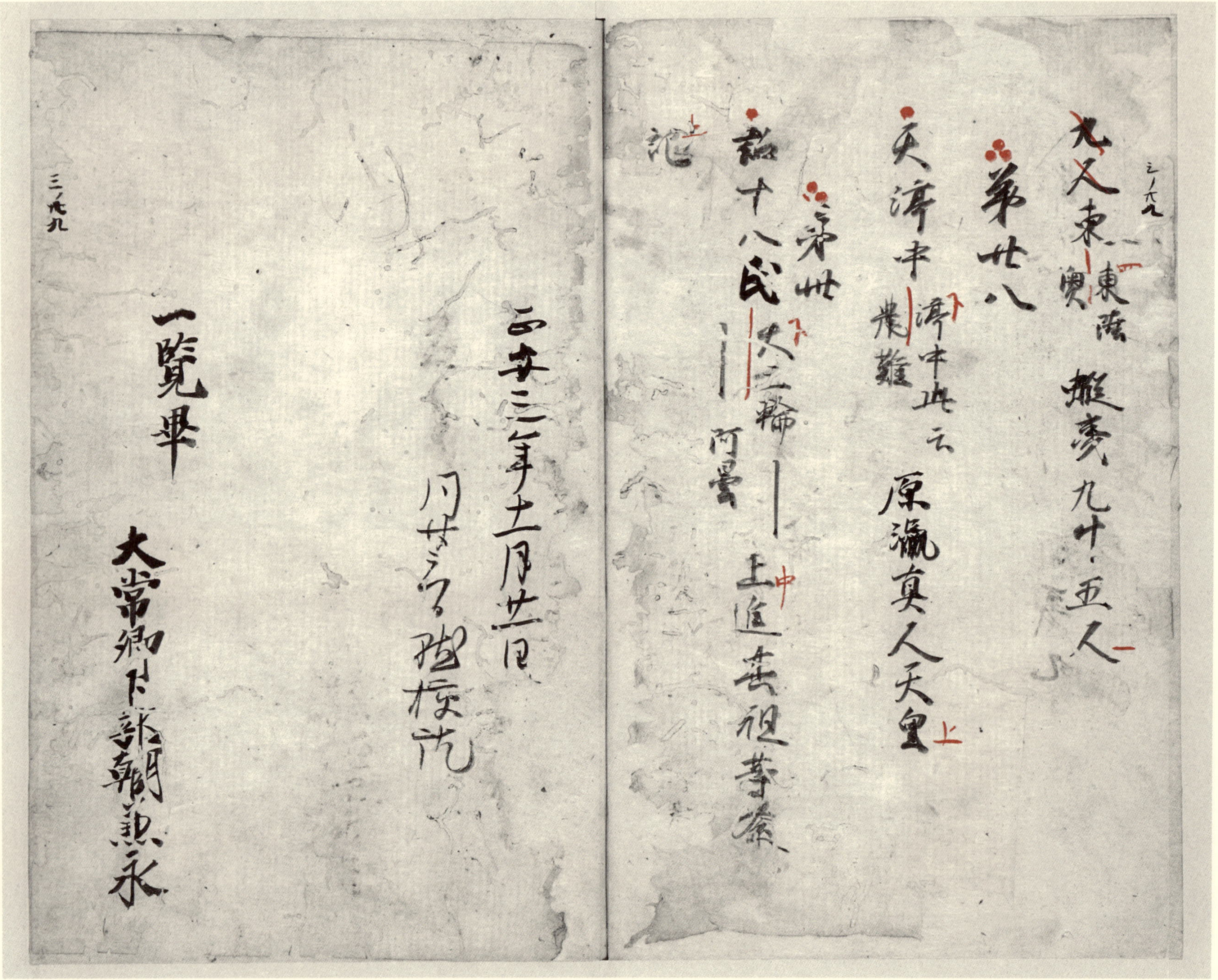

三ノ六九

九又東奥東陸　蝦夷九十五人
第廿八
天渟中渟中此云農難原瀛真人天皇
第卅
詔十八氏大三輪――阿曇――上進其祖等墓
記

三ノ九九

正安三年十月廿日
同廿一日移校訖

一覧畢
大常卿卜部朝臣兼永

（15オ）　（14ウ）

（15ウ）

巻四

帝皇系図

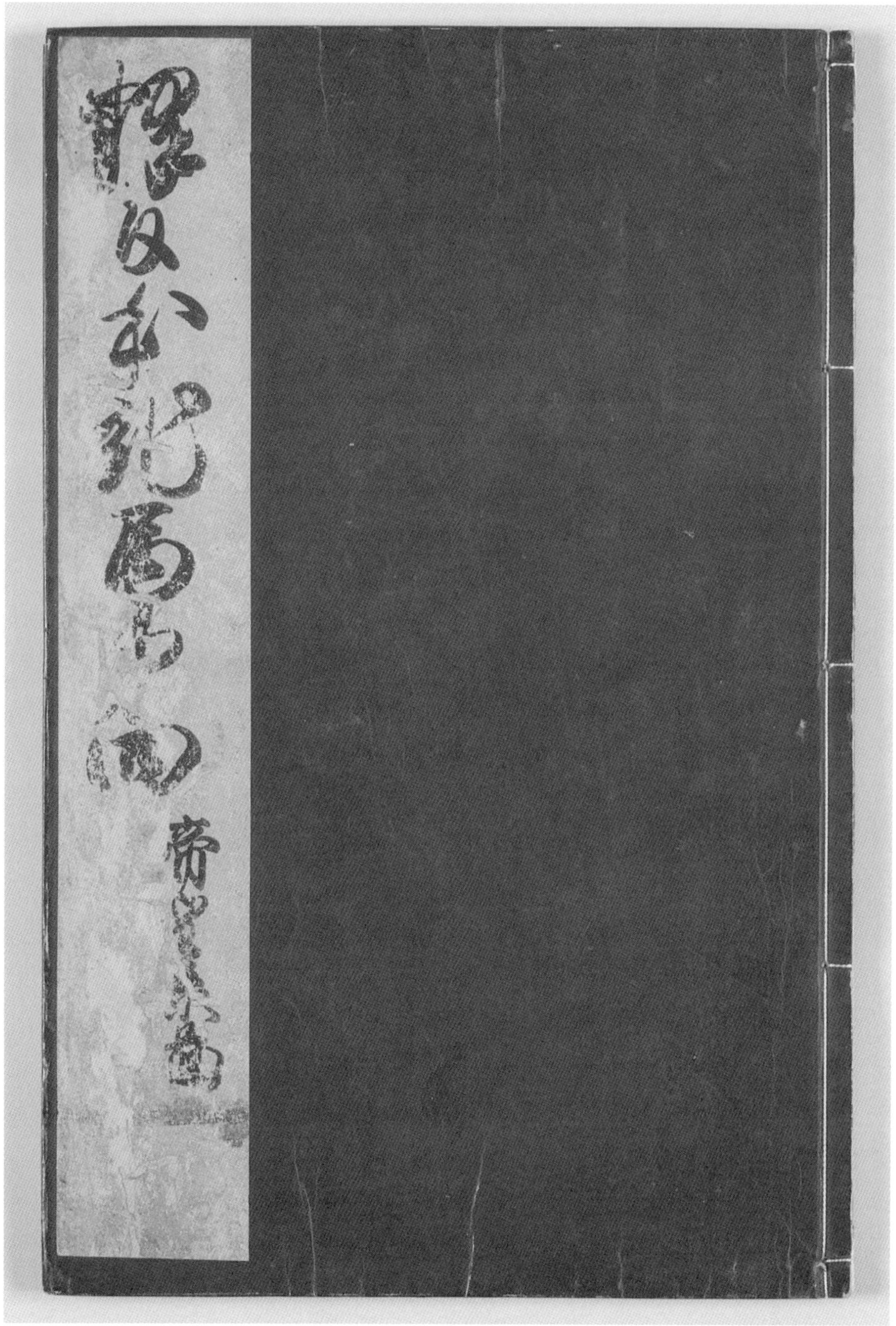

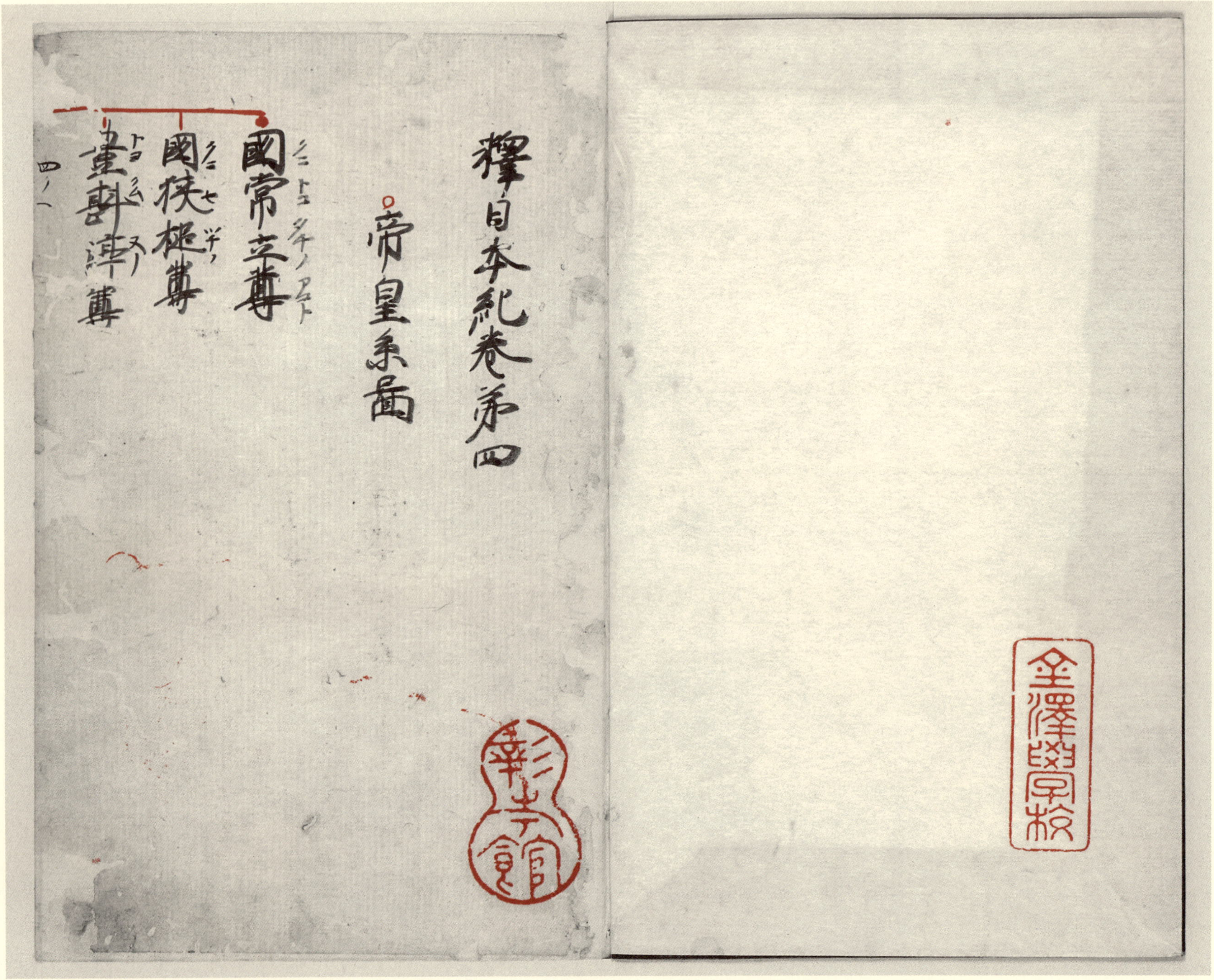

釋日本紀巻第四

帝皇系圖

國常立尊（クニトコタチノミコト）

國狭槌尊（クニサツチ）

豊斟渟尊（トヨクムヌ）

四ノ一

（１オ）

四ノ二

泥土煮尊（ウヒチニノ）　沙土煮尊（スヒチニノ）

大戸之道尊（オホトノチノ）　大苫辺尊（オホトマヘノ）

面足尊（オモタルノ）　惶根尊（カシコネノ）

伊奘諾尊（イサナキノ）　伊奘冉尊（イサナミノ）

天照太神（アマテラスオホムカミ）

天照太神

月読尊（ツキヨミノ）

素戔嗚尊（スサノヲノ）

正哉吾勝々速日天忍穂耳尊（マサヤアカツカツハヤヒアマノオシホミミノ）

天穂日命（アマノホヒノ）　出雲臣　土師連等ノ祖

天津彦根命（アマツヒコネノ）　凡川内直　山代直等祖

四ノ三

活津彦根命
熊野櫲樟日命
正哉吾勝々速日天忍穂耳尊
天津彦々火瓊々杵尊
母栲幡千々姫　高皇産霊尊女
天津彦々火瓊々杵尊

火闌降命　隼人等始祖
母木花之開耶姫　大山祇神女
彦火々出見尊
母同
火明命
母同
尾張連等始祖

彦火々出見尊
彦波瀲武鸕鷀草葺不合尊
母豊玉姫　海神女

四ノ六

彦波瀲武鸕鷀草葺不合尊

彦五瀬命（ヒコイツセ）
母玉依姫　海神少女

稲飯命（イナヒ）
母同

三毛入野命（ミケイリノ）
母同

（3ウ）

神日本磐余彦尊（カムヤマトイハレヒコノ）
母同

神武

神武天皇（ジムム）

手研耳命（タギシミミ）
母吾平津媛

神八井命（カムヤヰノ）　多臣祖
母媛蹈鞴五十鈴媛命　事代主神少女
四ノ七

（4オ）

四ノ八

神渟名川耳尊　綏靖
母同上

綏靖天皇

磯城津彦玉手看天皇　安寧
母五十鈴依媛命　事代主神女

安寧天皇

息石耳命
母渟名底仲媛命　事代主神孫　鴨王女

天豊津媛　懿徳后　孝照母

大日本彦耜友天皇　懿徳
母同上

懿徳天皇

観松彦香殖稲天皇　孝照
母天豊津媛命　息石耳命女

四ノ九

四ノ十

孝昭天皇（コウセウ）

天足彦國押人命（アメタラシヒコクニオシヒト）
母世襲足媛　尾張連遠祖瀛津世襲妹
和珥臣祖

日本足彦國押人天皇（ヤマトタラシヒコクニオシヒト）
母同上
孝安

孝安天皇（カウアム）

押媛
孝安后
孝霊母

孝霊天皇（カウレイ）

大日本根子彦太瓊天皇（ヤマトネコヒコフトニ）
母押媛
孝霊

大日本根子彦國牽天皇（ヤマトネコヒコクニクル）
母細媛命　磯城縣主大目女
孝元

倭迹迹日百襲姫命（ヤマトトヽヒモヽソヒメ）
母倭國香媛
大物主神妻也

四ノ十一

（６オ）　（５ウ）

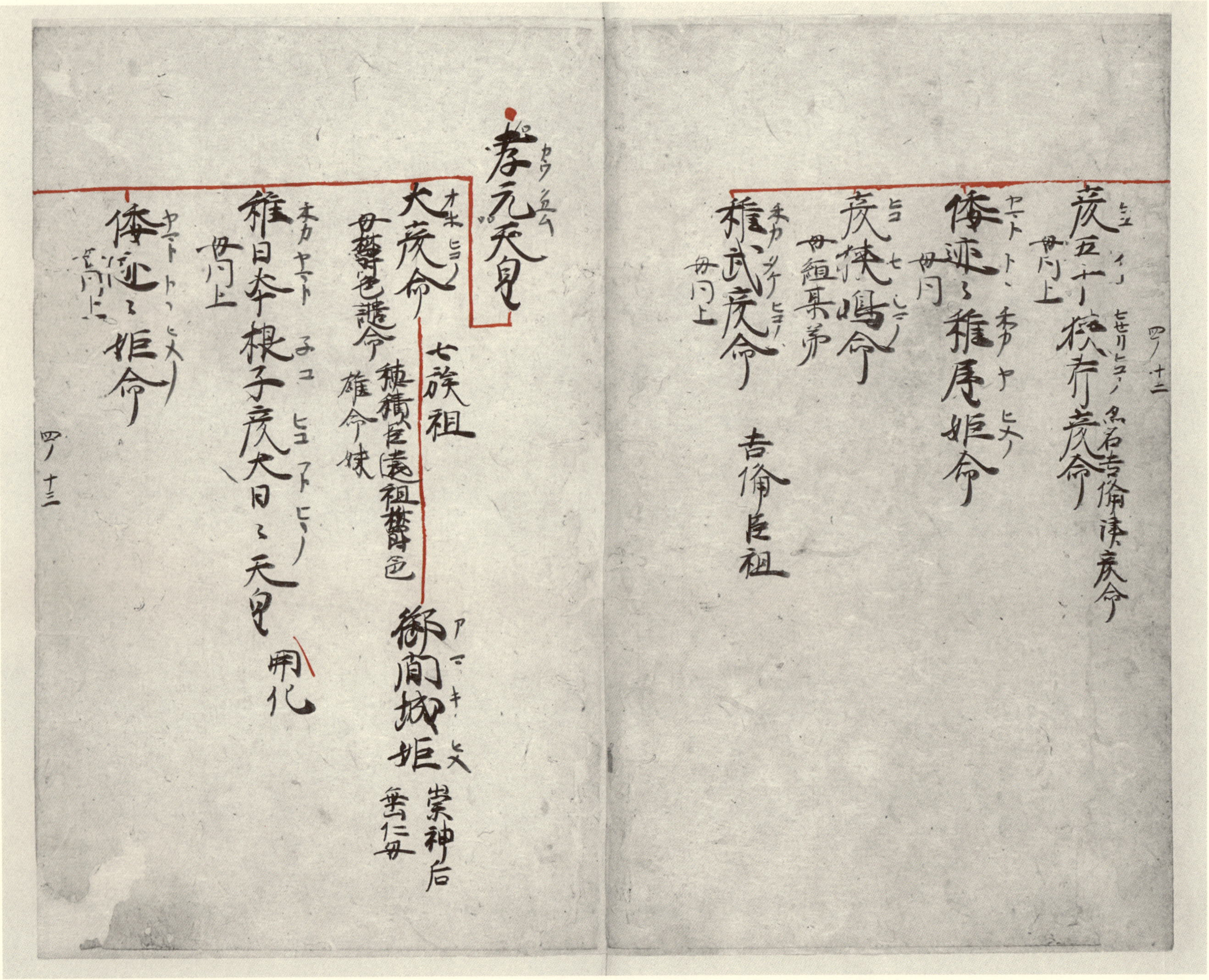
四ノ十二
彦五十狭芹彦命 名吉備津彦命
母同上
倭迹々稚屋姫命
母同
彦狭嶋命
母絙某弟
稚武彦命
母同上
吉備臣祖
孝元天皇
大彦命
母欝色謎命
穂積臣遠祖欝色雄命妹
七族祖
御間城姫
崇神后
垂仁母
稚日本根子彦大日々天皇
母同上
開化
倭迹々姫命
母同上
四ノ十三

（7オ）　（6ウ）

開化天皇（カイクワ）

彦太忍信命（ヒコフトオシノマコトノ）
母伊香色謎命

武埴安彦命（タケハニヤスヒコノ）
母埴安媛　河内青玉繋女
為官軍被殺

屋主忍男武雄心命

武内宿祢

甘美内宿祢

四ノ十五

彦湯産隅命（ヒコユムスミノ）
母丹波竹野媛
亦名彦蒋簀命

丹波道主王

彦坐王（ヒコイマスノミコ）
母姥津媛　和珥臣遠祖姥津命妹

御間城入彦五十瓊殖天皇（ミマキイリヒコイニヱノ）
崇神
母伊香色謎命
物部氏遠祖大綜麻杵女

山代大筒城真若王（ヤマシロノオホツツキマワカノ）
維

迦邇米雷王
来

四ノ十六

（８オ）　（７ウ）

（8ウ）

四十六

狭穂彦王　為垂仁被致

狭穂姫　随狭穂彦王死　垂仁后

息長宿祢王

気長足姫尊　仲哀后　應神母　神功

母葛城高額媛　多務

（9オ）

四十七

日葉酢媛　垂仁后

渟葉田瓊入媛　垂仁妃

真砥野媛　垂仁妃

薊瓊入姫　垂仁妃

竹野媛　因形姿醜死

四ノ大

崇神天皇

活目入彦五十狭茅天皇　垂仁
母御間城姫　大彦命女

彦五十狭茅命
母同上

國方姫命
母同上

千々衝倭姫命
母同上

倭彦命
母同上

五十日鶴彦命
母同上

豊城入彦命　上毛野君下毛野君祖
母遠津年魚眼々妙媛
紀伊國荒河戸畔女

四ノ十九

（10オ）

（9ウ）

四ノ九

豊鍬入姫命（トヨスキイリヒメノ）　母同上　齋宮

八坂入彦命（ヤサカイリヒコノ）　母尾張大海媛

渟名城入姫命（ヌナキイリヒメノ）　母同上

十市瓊入姫命（トイチニイリヒメノ）　母同上

八坂入媛　景行后　成務母

弟媛

垂仁天皇

誉津別命（ホムツワケノ）　母狭穂姫

五十瓊敷入彦命（イニシキイリヒコノ）　母日葉酢媛命

大足彦尊（オホタラシヒコノ）　母同上　景行

四ノ九一

（11オ）　（10ウ）

四ノ九二

大中姫命（オホナカツヒメノ）
母同上

倭姫命（ヤマトヒメノ）
母同上
齋宮

稚城瓊入彦命（ワカキニイリヒコノ）
母同上

鐸石別命（ヌテシワケノ）
母渟葉田瓊入媛

膽香足姫命（イカタラシヒメノ）
母同上

池速別命（イケハヤワケノ）
母薊瓊入媛

稚淺津姫命（ワカアサツヒメノ）
母同上

祖別命
母山背苅播戸邊

四ノ九三

(12オ)　(11ウ)

四ノ七ワ

五十日足彦命　母同上　子石田君祖

膽武別命　母同上

磐撞別命　母綺戸辺　三尾君祖

両道入姫命　日本武尊后　仲哀母

景行天皇

大碓皇子　母播磨稲日大郎姫　身毛津君守君等祖

小碓尊　母同上　日本武尊

稚倭根子皇子

稚足彦天皇　母八坂入媛　成務

稲依別王　母両道入姫皇女　犬上君武部君等祖

足仲彦天皇　母同　仲哀

布忍入姫命　又母同

四ノ二十六

五百城入彦皇子（イホキイリヒコノ）　母同上

忍之別皇子（オシノワケノ）　母同

大酢別皇子（オホスワケノ）　母同

渟熨斗皇女（ヌノシノヒメ）　母同

稚武王（ワカタケノ）　母同

武皷王（タケツツミノ）　母吉備穴戸武媛　讃岐綾君祖　吉備武彦女

十城別王（トヲキワケノ）　母同　伊豫別君祖

稚武彦王（ワカタケヒコノ）　母弟橘媛　穂積氏忍山宿祢女

(13ウ)

渟名城皇女（ヌナキノ）　母同

五百城入姫皇女（イホキイリヒメノ）　母同

麛依姫皇女（カコヨリヒメノ）　母同

五十狭城入彦皇子（イサキイリヒコノ）　母同

四ノ二七

品色真若王

高城入姫　応神妃

仲姫命　応神后　仁徳母

弟姫　応神妃

稲見別王　依白鳥事逆仲哀被致

(14オ)

四ノ二十八

吉備兄彦皇子（キビノエヒコノ）
母同

高城入姫皇女（タカキイリヒメ）
母同

弟姫皇女（オトヒメ）
母同

五百野皇女（イホノ）
母次水歯郎媛
齋宮
三尾氏磐城別妹

神櫛皇子（カムクシノ）
母五十河媛
讃岐國造祖

稲背入彦皇子（イナセイリヒコノ）
母同
播磨別祖

武國凝別皇子（タケクニコリワケノ）
母高田媛阿倍氏木事女
伊豫國御村別祖

日向襲津彦皇子（ヒウカノソツヒコノ）
母日向髪長大田根
河牟君祖

國乳別皇子（クニチワケノ）
母襲武媛
水沼別祖

四ノ二十九

成務天皇

國背別皇子（クニセワケノ）　母同　又名宮道別皇子

豊戸別皇子（トヨトワケノ）　母同　火國別祖

豊國別皇子（トヨクニワケノ）　母日向御刀媛　日向國造祖

四ノ三十

仲哀天皇

麛坂皇子（カゴサカ）　母大中姫　彦人大兄女　為赤猪被食歿

忍熊皇子（オシクマ）　母同　為神功皇后被攻自殺

誉屋別皇子（ホムヤワケノ）　母弟媛　来熊田造祖大酒主女

誉田天皇（ホムタ）　母神功皇后　應神

四ノ二十一

（16オ）　（15ウ）

神功皇后

応神天皇

荒田皇女　母仲姫

大鷦鷯天皇　母同　仁徳

根鳥皇子　母同　大田君祖

額田大中彦皇子　母高城入姫

大山守皇子　母同　為菟道太子被致　土形君　榛原君等祖

去来真稚皇子　母同　深河別祖

大原皇女　母同

四ノ三十二

四ノ三十三

四ノ　三　十四

澇田皇女（コムクタノ）
母同

阿倍皇女（アヘノ）
母弟姫

淡路御原皇女（アハチノミハラノ）
母同

紀之菟野皇女（キノウノ）
母同

菟道稚郎子皇子（ウチノワキイラツコ）　太子
母宮主宅媛　和珥臣祖日觸使主女
中カ

矢田皇女（ヤタノ）
母同　仁徳后

雌鳥皇女（メトリノ）
母同　隼別皇子妃
為仁徳被殺

菟道稚郎姫皇女（ウチノワキイラツメノ）
母小甂媛　宅媛妹
仁徳妃
三子女

稚渟毛二派皇子
母弟媛 河派仲彦女

隼総別皇子
母糸媛 桜井田部連男鉏妹
為仁徳被殺

大葉枝皇子
母日向泉長媛

小葉枝皇子
母同

大郎子

忍坂大中姫
允恭后 [illegible]

衣通姫
允恭妃

仁徳天皇

大兄去来穂別天皇
母磐之媛命 葛城襲津彦女
履中

住吉仲皇子
母同
為履中被殺

彦主人王

男大迹天皇
母振媛
継体

（19オ）　（18ウ）

四ノ二十八

瑞歯別天皇（ミツハワケノ）　反正
母同

雄朝津間稚子宿祢天皇（ヲアサツマワクコノ）　允恭
母同

大草香皇子（オホクサカノ）
母日向髪長媛
為安康被殺

眉輪王（マユワノ）
殺安康
為雄略被殺

二代后

幡梭皇女（ハタヒノ）
母同
先履中后
後ハ雄略后

履中天皇（リチウ）

磐坂市辺押羽皇子（イハサカノイチノヘノオシハノ）
母黒媛　葦田宿祢女
為雄略被殺

夏姫

飯豊青尊
一名忍海部女王

億計　仁賢
母荑媛
一名嶋稚子　一名大石尊

御馬皇子（ミマノ）
母同

青海皇女（アヲウミノ）
母同

四ノ三十九

四ノ四十

中磯皇女（ナカシノ）
母幡梭皇女
先大草香皇子妃
後安康后

弘計
母荑媛
顕宗
亦名来目稚子

橘王

反正天皇

香火姫皇女（カヒヒメノ）
母津野媛
太宅臣祖木事女

圓皇女（ツブラノ）

允恭天皇

財皇女（タカラノ）
母弟媛
津野媛弟

高部皇子（タカヘノ）
母同

木梨軽皇子（キナシノカルノ太子）
母忍坂大中姫
稚渟毛二岐皇子女
為安康被殺

四ノ四十一

四ノ四十一　二

名形大娘皇女（ナカタノオホイラツメノ）
母同

境黒彦皇子（サカヒノクロヒコノ）
母同
為雄略被殺

穴穂天皇（アナホノ）
母同
安康
為眉輪王被殺

軽大娘皇女（カルノオホイラツメノ）
母同
木梨軽太子妃

（21ウ）

八釣白彦皇子（ヤツリノシラヒコノ）
母同
為雄略被殺

大泊瀬稚武天皇（オホハツセノワカタケノ）
母同
雄略

但馬橘大娘皇女（タチマノタチハナノオホイラツメノ）
母同

酒見皇女（サカミノ）
母同

四ノ[illegible]
四十三

（22オ）

安康天皇（アンカウ）

四ノ卅四

雄略天皇

白髪武広国押稚日本根子天皇（シラカノタケヒロクニオシワカヤマトネコ）
母韓媛　葛城円大臣女
清寧

磐城皇子（イハキ）
母稚媛　吉備上道臣女
随星川皇子被誅歟

稚足姫皇女　亦名栲幡娘姫皇女　斎宮
母同

星川稚宮皇子（ホシカハノワカミヤノ）
為清寧被殺歟

立稚子王

難波小野王
顕宗后

春日大娘皇女（カスカノオホイラツメノ）
母童女君　春日和珥臣深目女
仁賢后　武烈母

清寧天皇（セイネイ）

顕宗天皇（ケンソウ）

仁賢天皇（ニンケン）

四ノ卅五

四ノ廿六

タカハシノオホイラツメノ
高橋大娘皇女
母春日大娘皇女

アサツマノ
朝嬬皇女
母同

タシラカノ
手白香皇女
母同
継躰后欽明母

クスヒノ
樟氷皇女
母同

タチハナノ
橘皇女
母同
宣化后

ヲハツセワカサヽキノ
小泊瀬稚鷦鷯天皇
母同
武烈

マワカノ
真稚皇女
母同

カスカノヤマタノ
春日山田皇女
母糠君娘　和珥臣日爪女
安閑后
又名山田大娘皇女　又名赤見皇女

四ノ廿七

武烈天皇

継躰天皇

廣國排武金日尊　名勾大兄皇子　母目子媛尾張連草香女　安閑

武小廣國押盾尊　名檜隈高田皇子　宣化

天國排開廣庭尊　母手白香皇女仁賢女　欽明

大郎皇子　母稚子媛三尾角折君妹

出雲皇女　母同

神前皇女　母廣媛坂田大跨王女

茨田皇女　母同

四ノ本

馬来田皇女（ムマクタノ）

荳角皇女（サヽケノ）　斎宮
母麻績娘子　息長真手王女

茨田大娘皇女（マムタノオホイラツメノ）
母関媛　茨田連小望女

白坂活日姫皇女（シラサカノイクヒヒメノ）
母同

小野稚郎皇女（ヲノヽワカイラツメノ）　名長石姫
母同

大娘子皇女（オホイラツメノ）
母倭媛　三尾君堅楲女

椀子皇子（マリコノ）　三国公先
母同

耳皇子（ミヽノ）
母同

四ノ本上

（26オ）　（25ウ）

四ノ女王

赤（アカ）姫（ヒメノ）皇女　母同

稚（ワカ）綾（ヤ）姫（ヒメノ）皇女　母荑媛　和珥臣河内女

圓娘（ツブラノイラツメノ）皇女　母同

厚（アツノ）皇子　母同

兎（ウサギノ）皇子　母廣媛　根王女　酒人公先

中（ナカツ）皇子　母同　坂田公先

安閑（アンカン）天皇

宣化（センクワ）天皇

石（イシ）姫（ヒメノ）皇女　母橘仲皇女　仁賢女　欽明后　敏達母

小石（ヲイシ）姫（ヒメノ）皇女　母同

倉（クラ）稚（ワカ）綾（ヤ）姫（ヒメノ）皇女　母同　欽明妃

四ノ女王

上殖葉皇子（カムウヱハノ）　名椀子
母同
丹比公　偉那公太祖

火焔皇子（ホノホノ）
母大河内稚子媛
椎田君先

日勘皇女
欽明妃

欽明天皇（キムメイ）

箭田珠勝大兄皇子（ヤタノタマカツノオヒネノ）
母石姫宣化女

譯語田渟中倉太珠敷尊（ヲサタノヌナクラノフトタマシキノ）
母同
敏達

笠縫皇女（カサヌヒ）　名狭田毛皇女
母同

石上皇子（イソノカミノ）
母稚綾姫　石姫弟

（28オ）

（27ウ）

四ノ廿六

クラノ
倉皇子　母日影皇女　石姫カ

タチバナノトヨヒノ
橘豊日尊　又名大兄皇子　用明
母堅塩媛　蘇我大臣稲目宿祢女

イハクマノ
磐隈皇女　又名夢皇女
斎宮後坐奸皇子茨城解

アトリノ
臘嘴鳥皇子
母同

トヨミケカシキヤヒメノ
豊御食炊屋姫尊　敏達后　推古
母同

マリコノ
椀子皇子
母同

オホヤケノ
大宅皇女
母同

イソノカミベノ
石上部皇子
母同

四ノ廿七

四ノ廿八

山背皇子
母同

櫻井皇子
母同

大伴皇女
同母

肩野皇女
母同

橘本稚皇子
母同

舎人皇女
母同

茨城皇子
母蘇我小姉君　堅塩媛同母弟

葛城皇子
母同

泥部穴穂部皇女
母同
不読部字
用明后　聖徳太子母

四ノ廿九

（30オ）　（29ウ）

四ノ三十一

泥部穴穂部皇子（ハツセヘノアナホヘノ）　一名天香子皇子　一名住迹皇子（スムトノ）　一名天香子
為推古被殺

泊瀬部皇子（ハツセヘノ）　母同
崇峻　為蘇我馬子宿祢被殺

春日山田皇女（カスカノヤマタノ）　母糠子　春日日抓臣女

橘麻呂皇子（タチハナノマロ）　母同

敏達天皇（ヒムタツ）

押坂彦人大兄皇子（オシサカノヒコヒトノオホエ）　母廣姫　息長真手王女
名麻呂古皇子

茅渟王（チヌ）

息長足日廣額天皇（オキナカタラシヒヒロヌカノ）　母糠手姫皇女　敏達女
一名田村皇子
舒明

逆登皇女（サカノホリノ）　母同

菟道磯津貝皇女（ウチノシツカヒノ）　母同
斎宮　即奸池邊皇子解

四ノ五十一
四十ノ辛十二

難波皇子（ナニハノ）
母老女子夫人　春日臣仲君女

春日皇子（カスカノ）
母同

桑田皇女（クハタノ）
母同

天豊財重日足姫天皇（アメトヨタカライカシヒタラシヒメ）
初適高向王生漢皇子　舒明后　天智天武母
名宝皇女
母吉備姫王
皇極　重祚　斉明

天萬豊日天皇（アメヨロツトヨヒ）
名軽皇子
母同
孝徳

大派皇子（オホマタノ）
母同

太姫皇女（フトヒメノ）
又名桜井皇女
母菟名子夫人　伊勢大鹿首小熊女　采女

糠手姫皇女（ヌカテヒメノ）
号嶋皇祖母命
母同
押坂彦人大兄皇子妃
舒明母

菟道貝鮹皇女（ウチノカヒタコ）
又名菟道磯津貝皇女
母推古
聖徳太子妃

四ノ六十廿三

（32オ）　（31ウ）

四ノ三十四

竹田皇子　母同

小墾田皇女　母同　彦人大兄皇子妃

鸕鷀守皇女　母同　更名軽守皇女

尾張皇子　母同

（32ウ）

用明天皇

田眼皇女　母同　舒明后

桜井弓張皇女　母同

厩戸皇子　母穴穂部間人皇女　聖徳太子也

来目皇子　母同　部ノ字不讀

四ノ三十五

（33オ）

四ノ六十六

殖栗皇子（ヱクリノ）　母同

茨田皇子（マムタノ）　母同

田目皇子（タメノ）　名豊浦皇子
母石寸名　蘇我大臣稲目宿祢女

麻呂子皇子（マロコノ）　當麻公先
母廣子　葛城直磐村女

六

（33ウ）

崇峻天皇（スシユム）

酢香手姫皇女（スカテヒメノ）　斎宮　歴三代
母同

蜂子皇子（ハチコノ）
母小手子　大伴糠手連女

錦代皇女（ニシキテノ）
母同

四ノ六十七

六十七

（34オ）

推古天皇　四ノ辛巳　六十八

舒明天皇

天命開別天皇
母皇極
又名葛城皇子
天智
又名中大兄皇子

間人皇女
母同
孝徳后

天渟中原瀛真人天皇
母同
又名大海皇子
天武

古人皇子
母法提郎媛
蘇我馬大臣女
又名大兄皇子
出家

倭姫王
天智后

古人由天智之兄也不審一

蚊屋皇子
母吉備國蚊屋采女

皇極天皇　四ノ七十ナ　六十九

四ノ七右　一ノ七十

孝徳天皇

有間皇子
母小足媛　阿倍倉梯麻呂大臣女
為暦明被絞

暦明天皇

天智天皇

大田皇女
母遠智娘　蘇我山田石川麻呂大臣女
天武妃

高天原廣野姫天皇
母同　名鸕野女
持統
天武后　草壁皇子尊母

建皇子
母同
唖不能語

御名部皇女
母姪娘　遠智娘弟
四ノ七右

（36オ）　（35ウ）

日本根子天津御代豊国成姫天皇（ヤマトネコアマツミヨトヨクニナリヒメ）　名阿部皇女　元明
母同

飛鳥皇女（アスカ）
母橘娘　阿倍倉梯麻呂大臣女

新田部皇女（ニヒタヘ）
母同　天武妃

山辺皇女（ヤマノヘ）
母常陸娘　蘇我赤兄大臣女
大津皇子妃　皇子賜死之時共死

大江皇女（オホエ）
母色夫古娘　忍海造小龍女　天武妃
宮人

川嶋皇子（カハシマ）
母同

泉皇女（イツミ）
母同

水主皇女（モムトリ）
母黒媛娘　栗隈首徳萬女
宮人

四ノ五十四　三

天武天皇（テムム）

施基皇子（シキノ）　号白原天皇
母越道君伊羅都賣　宮人

光仁天皇

大友皇子（トモノ）　任太政大臣　名伊賀皇子　為天武被殺
母伊賀采女宅子

巳ノ午丁

巳

草壁皇子尊（クサカベノ）　号長岡天皇
母持統

日本根子高瑞浄足姫天皇　元正

天之真宗豊祖父天皇　文武

大来皇女（オホクノ）　斎宮　持統姉
母大田皇女

大津皇子（オホツノ）　為持統被殺
母同

長皇子（ナガノ）
母大江皇女

巳ノ七丁

五

四ノ七ウ

弓削皇子
母同

舎人皇子　号崇道盡敬天皇
母新田部皇女　淡路廃帝
舎人皇子日本紀作者歟

但馬皇女
母氷上娘　藤原大臣女

新田部皇子
母五百重娘　氷上娘弟

穂積皇子
母大蕤娘　蘇我赤兄大臣女

紀皇女
母同

田形皇女
母同

十市皇女
母額田姫王　鏡王女

四ノ七オ

四ノ七十八

高市皇子命（タカイチノ）　任太政大臣
母尼子娘胸形君徳善女

忍壁皇子（シノカヘノ）
母穀媛娘（カチ）宍人臣大麻呂女

磯城皇子（シキ）
母同

泊瀬部皇女（ハツセヘノ）
母同

四ノ七十九

託基皇女（タキ）
母同

持統天皇（チトウ）

正安三年十一月廿三日
於燭下校訖

(40ウ)

巻五

述義一

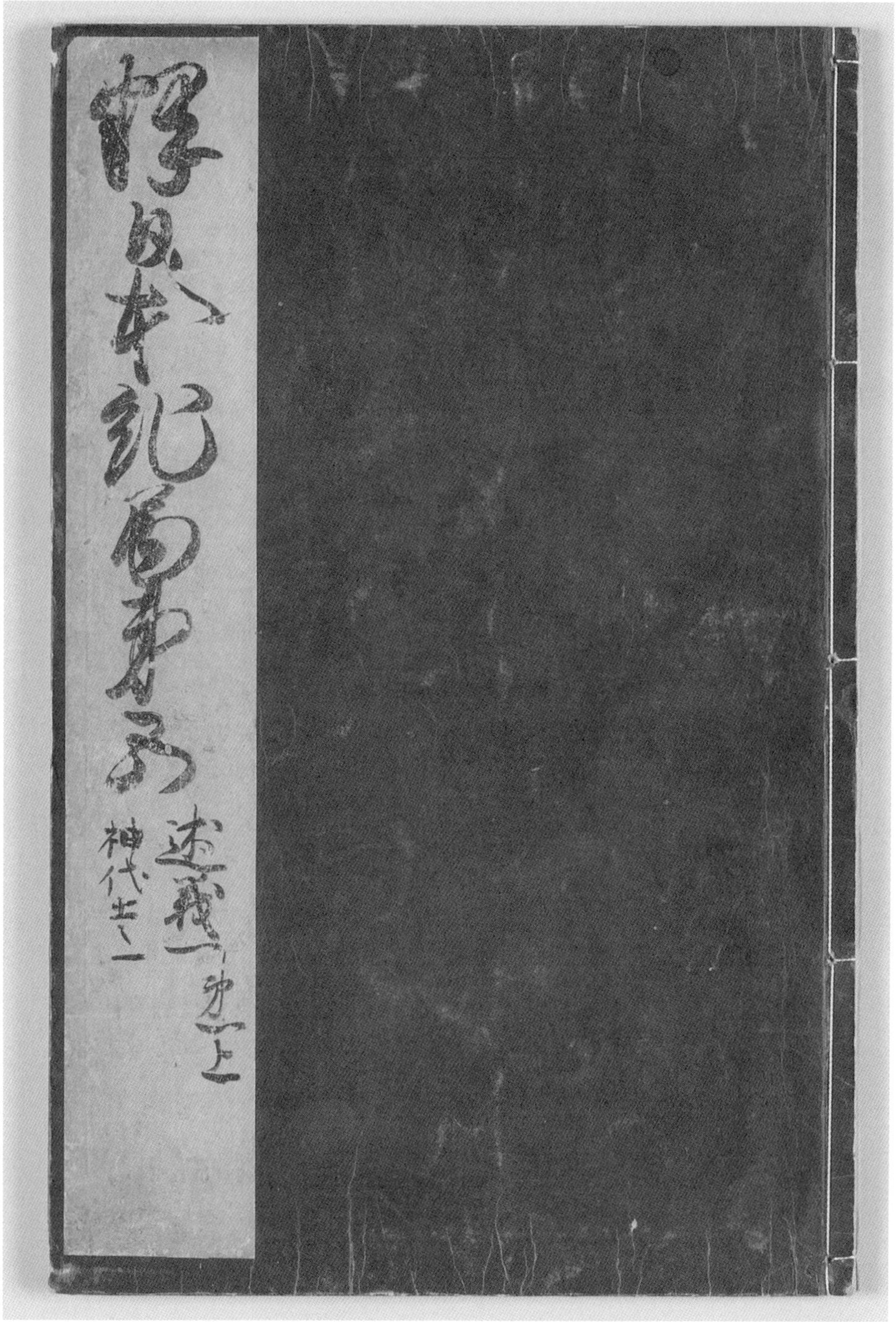

釋日本紀巻第五

述義一　第一

第一上

天地未剖（アメツチイマタワカレ）

礼統曰天地者元氣之所生萬物之祖也　廣雅
曰太初氣之始也清濁未分太始形之始也　清者爲
精濁者爲形太素質之始也已有素朴而未散
也二氣相接剖判分離輕清者爲天

一五ノ一

（1オ）

五ノ二

張衡靈憲曰太素之前幽清寂寞不可為象
惟虚惟無蓋道之根也
三五暦紀曰天地渾沌如雞子盤古生其中萬八
千歳天地開闢陽清為天陰濁為地盤古在
其中一日九變神於天聖於地

鶏子
礼記月令正義曰天地渾沌如鶏卵

（1ウ）

溟涬
公望私記曰
師説天地未定之時其形猶如水母之浮水上也

薄靡而為天
或書同云此淮南子文也彼書靡字作歴所
引慎高誘注云薄歴者塵埃飛揚之貌也而此
書改作靡其意如何　答師説自及其清陽至
地後定廿餘字者全是淮南子文也而此紀改

五ノ三

（2オ）

五ノ四

作靡字其由来明若歴靡両字其躰相似淮南子亦有作靡之本乎但先代旧事本紀全作靡字併名日本紀亦タナヒキテ止云也然則此紀者見彼等所作也淮南子中若有作靡之本者可寸此義

精妙之合摶易（トワヘソタヘナルカアヒハアフキヤスク）

私記曰
問謂清陽者為天阿布弥久其意如何

答是先師之説也但謂為阿布弥久之由未見其由也

私案　是陽氣清而薄靡之故風扇易而天先成者也蓋以上清陽文同義也　上文者謂陰陽之氣為天地之大概下文者謂天地已定之先後耳

然後神聖生其中焉

私記曰
師説生其中已上者序文

五ノ五

五ノ六

一又曰問神者何哉聖者何哉　答神聖者是下
文所謂數箇神人也或謂之神或謂之聖
並是通号耳但書傳論盤古事神於天
聖於地也故殊謂神聖也

開闢之初

私記曰問或本用字上有天地二字如何　答此
非也後人所傳加也

洲壌浮漂譬猶游魚之浮水上也

（3ウ）

私記曰問洲壌何物哉　答案倭名書云國土
也　又問此游魚者彼水母之類歟　答此魚於類無妨
但水母者非全得魚号者也若謂之游魚者恐不
切通也

國常立尊

私記曰問云今謂之美許登者若有所由乎
答云凡神人相共受上天之御事而奉行之

五ノ七

（4オ）

五ノ八

汉神者又受貴神之御事ヲ而奉行之故尊
爲命同号ヲ美許登猶如言御事也　又問
云凡如此倭語皆為有所由乎　答云於理論之
必可有其由也但古來曠遠書記散亡未有
詳知假令謂拝為乎乃加元等之類皆是可有
所由也言是乎禮止加元也是可折屈身躰而見
聞也　問云凡數神等名号ヲ各有所由乎　答云先
師傳云或有其由或未詳其由也　又問云此國常
立尊有何義乎　答云至于此神未詳其由又下
豊斟渟尊神戸之邊尊大苫邊尊伊弉諾伊
弉冊等未詳其由耳　問云案古事記自國常
立以前先有五柱神人也而今此紀不載之其
說如何　答云今此紀不載之由未詳
公望私記曰案古事記此五神下注云此五柱神
者別天神者也然則古事記者惣別天地初分
之後化生之神也故雖高天原所居之神猶載

五ノ九

（5オ）　（4ウ）

五ノ十

之也今此書者獨初成地上之神治地下者也故
不及天神在高天原者也而先師不傳當是漏歟
國狭槌之
或書問國常立尊所名雖人始稱又若有所據爲
號哉　答師說假名日本紀上宮記并諸古書
皆有此號但始稱之人無所見上古之間無由據
勘今案常立之義者天下始祖將傳子孫万
代無窮歟　又問國常立尊者是尊号之所

成也自國狭槌以下何物化成哉　答未知何物
化成耳
先師說云國常立者神孫長遠常可立榮
天下之義也
國狭槌尊
公望私記曰問云此神爲狭槌者有所由乎　答云
或書作國狭左然則天地分後未經幾月故云

五ノ十一

五ノ十二

地狭少其時此初出故謂之國之狭土尊

豊斟渟尊（トヨクムヌノ　ト）

私記曰謂豊斟渟者開闢之後地形漸廣之間

各有沼澤此間所生之神自得此号

泥土煮尊（ウヒヂニノ）

先師說云國土狭沼澤豊之義也

沙土煮尊（スヒヂニ）

問私記曰同云此泥土沙土之号有何意乎

五ノ十三

答云天地剖判泥土未乾尓時初生之神也故云

泥土也其後漸々堅固沙土既成是依尓時土

地之形容而所名也

大戸之道尊（オホトノヂノ）

大苫邊尊（トマヘ）

先師說云大戸之道者泥沙成立有戸道之義也

大者廣義之稱也苫邊者亦曰戸摩姫云々

邊者姫之心也

本五ノ十四

面足尊（オモダルノ）　惶根尊（カシコネノ）

公望私記曰問云何故謂之面足若有意乎　答云
自此已上諸神雖有神名而未甚可畏又人形未
必具足而至于此神人形漸具顔面足成故
謂之面足也而古書或作面垂是假語相近
渉耳

（7ウ）

大極　卜

先師説云面足者人面漸滿足之義也形
質已具可謂太極也惶根者大面已備心
意賢之義也

私記曰惶根尊　伊奘諾尊　伊奘冊尊　此也
神号ヲ先師相傳ヲ未詳云々

五ノ[illegible]十　又

（8オ）

神世七代

私記曰問云神世七代何哉乎　答云國常立尊國
狭槌尊豊斟渟尊並是男神也謂之三代次
男女耦生之神有八神矣是則通計男女二柱
合為一代是謂四代都合為七代是全古事記之
意也

五ノ十裏大

又曰耦生謂男女共相耦生也非謂夫婦耦合而生息之
備問云國常立尊以下至伊奘諾伊奘冉尊〻
可為継躰欲
先師答云雖無夫婦配偶變生之儀尚可
謂継躰也
又問云國常立尊者葦牙化生之義欲國狭
槌尊以下何物化生哉
先師答云胎卵湿化四生之中化生者不寄
指其物欲國常立尊之外不寄可為葦牙

五ノ十裏七

九ノ廿八

之化生乎
大問云自第四代之神陰陽相參之義如何　先
師答云以天先成之儀國常立以下陽神三代
先化生所謂乾道獨化是也以地後定之儀
泥土煮以下陰陽四代相化所謂乾坤之
道相參而化是也　都督云可為天先
成地後定之儀者自第四代偏似可有陰
神歟

先師答云清陽之者薄靡而為天重濁之
者淹滞而為地之尚陰氣未竭之故陽
神獨化陰神無之陰氣已竭之後陰
神　沙土煮　化生天先成之上者陰陽神
相參之義可為必然也　飛鳥後之
私記曰同一書曰國常立尊生天鏡尊々々生天
萬尊々々既全云生其意如何　答所未詳也
而或説云是後代之人見代々相嗣而紙謂之生

九ノ廿九

（10オ）　（9ウ）

五ノ[illegible]オ

未必事實也此説未見所據

乾道獨化（アメノミチヒトリナル）

私記曰問開闢之時天下已定然則乾坤當具相化

何故乾道獨化哉　答天地已定陰陽是別二儀

雖具三才未備故即生男是三才但天先成地

後定故乾道先化乃成純男也非謂天獨在

而地獨無也

葦牙（アシカイ）

私記曰萌牙之義也

高天原

私記曰師説謂上天也案可謂虚空之

天浮橋

私記曰問天浮橋是何物哉　答此時雖天地開

闢洲渚未成既如浮膏之無所根係也故謂

五ノ卅一

五ノ卌オ二

立浮橋上耳

丹後國風土記曰與謝郡〃家東北隅方有速
石里此里之海有長大前長二千二百廿九丈廣或所九丈以下或所十丈
以上廿丈以下先名天椅立後名久志濱然云者國
生大神伊射奈藝命天爲通行而椅作
立故云天椅立神御寢坐間仆伏仍恠久
志備坐故云久志備濱此中間云久志自此

東海云與謝海西海云阿蘇海是二面海
雜魚貝等住但蛤乏少

播磨國風土記曰　賀古郡益氣里有石橋傳云
上古之時此橋至天八十人衆上下往來故曰
八十橋

天之瓊矛　五ノ卌オ三

[redacted]葉之天浮橋者天橋立是也

（12オ）　（11ウ）

五ノ卌六四

私記曰師説此往復玉也此云努故先師又擬之
而今或本努字為貳也蓋古者謂玉或為努
或為貳兩説並通唯以貳為異本

磤馭慮嶋

私記曰問此嶋有何意名之哉　答是自凝之
嶋也猶如言自凝也今見在淡路嶋西南角
小嶋是也云俗猶存其名也或説今在淡

路國東由良驛下
或説云淡路紀伊兩國之境由理驛ヨリ西方
小嶋云々然而彼淡路坤方小嶋于今得此号
也

國中之柱（クニナカノミハシラ）

私記曰問何故謂之國中哉　答言以此嶋為國
中之柱也或説此嶋云値天地之中故云國中

五ノ卌六五

(13オ)　(12ウ)

五ノ　四オ六

着甚非也　又問此柱何物哉　答古説云天神
所賜瓊矛既探得瓊馭慮嶋畢即以其矛
衝立此嶋爲國柱也即其矛化爲小山也今
如此説者似瓊馭慮嶋爲國柱也然其實以
此小山爲之今又依古説耳

雌元之處（メノハシメトイフトコロ）

私記曰問何故謂之元處哉　答凡男女初生

(13ウ)

之時先見此處乃定男女故謂之元處耳

下雄元又同之

先以淡路洲爲胞意所不快（エトシ　ミコヽロニ　ヨロコヒ）

私記曰問何故謂此嶋爲胞哉　答凡人之産必有
胞衣者也是初産之時先出者也今二神意
謂自産廣大之洲而不意之外先産小嶋故所
深恥也既自所産出不能默止之故假之爲

五ノ　四オ七

(14オ)

五ノ四オ八

胞此猶人子之初生有其胞衣故不死況歟也
又問名之淡路其意如何　答淡路猶言吾恥也
言吾初自謂必生珎子而今不意先生此悪子
故名之吾恥嶋也　又問二神遘合何故先生
悪子哉　答凡夫婦相親愛所生之子未必
善好今陰陽二神一新相愛故其子不好
耳是先儒之説也

大日本豊秋津洲
私記曰問為我国之惣名歟而大八洲之専一也
是為何国哉　答代々講書之時不見此問答
但先師相傳云此今大倭国也陰陽二神最
初依生此国以我国之惣名号之　又問神武天
皇御宇始有秋津嶋之号々与神代注此号
如何　答如此之名字上代雖未得其号以史書
撰述時之名字載之者倭漢之例也且此書之

五ノ四オ九

五ノ卅六

中天叢雲剱者迄于景行天皇御宇日本
武尊愷旋之處改号草薙剱然而神代巻
注後号耳
又曰加大字者貴我國加豐字者祝我國之義也
是先師說耳
先師說云總而謂之者日本國之号也別而謂
之者大和國也耳爰紀一書文大己貴神廿
魂奇魂欲住於日本國之三諸山之故大

五ノ四廿

和國稱日本國是也

筑紫洲

私記曰問此号若有意哉　答先儒之說有四
義一云此地形如木菟之體故名之也木菟鳥
之名此云都久之久二云公望案筑後國風土記云筑
後國者本与筑前國合為一國昔此両國之
間山有峻狭坂往來之人所駕鞍韉被摩

五ノ紙 二

盡土人合鞍轡盡之坂 三云昔此嶺上有麁猛
神往來之人半生半死其數極多因曰人命盡
神于時筑紫君肥君等占之令筑紫君等之
祖甕依姫爲祝祭之自爾以降行路之人不
被神害是以曰筑紫神 四云爲葬其死者伐
此山木造作棺輿因茲山木欲盡因曰筑紫
國後分兩國爲前後

鵂鶹 注云木菟似鴞而小菟頭毛角

私記曰問此外六嶋之名其義若有所見哉
答其由未詳先儒之不傳説矣
又曰對馬嶋及壹岐嶋其名義未詳

天神

私記曰問今此云天神者何神哉　答案上注云
高天原所生神名曰天御中主尊次高皇産
靈尊次神皇産靈尊又案古事記徳有

五ノ紙 三

八尋之殿　五ノ廿四

豊葦原千五百秋瑞穂之地

私記曰問此地之号若有意哉　答此國者是肥饒豊富之國也凡肥美之地葦草多生故取喩之殊云千五百秋者是迹指長久之秋必得豚美之稻穂也　指云千五百者蓋古人以此爲極數之歟

（18オ）

五ノ卅ホ四

五柱天神是亦天神也　又問天神總有五柱然則五神之中獨指何神哉　答古記稱天神者以高皇産霊尊爲其宗首但此云天神者不知何神也若五柱天神共授此瓊戈歟故古記云天神諸命既云諸命明非一神也　又問國常立尊者是葦牙之所化也今此亦天神者何物所化生哉　答先儒說不傳亦今可求

延喜私記

隠訪

稱尊身葉是之所謂隠坐神等也

（17ウ）

廿四

私記曰問今殊作八字數者有何意哉　答八
數者神道之所尚也但殊尚八者良以世之
數也是則鬼門所謂諸神鬼之所出入也故
以八數殊爲神道所尚耳

太白

可愛

先師說云得也可愛合之意

私記曰問是何占哉　答是卜之謂也上古之時未
用龜甲只以鹿肩骨占用也謂之フトマニ
又問山海草木皆是二神之所生也未見鹿
禽獸之文然則此鹿何時生哉　答今如此文
不詳禽獸初有之時占下文有鸛鴿者蓋
是自然生育欤未詳其始
西龜地傳曰凡述西龜皆皇親神魯岐（天照太神也謚也）
神魯美命（高御産巣日神之謚也）　荒振神者掃平

廿九

(19ウ)

草木斷語 上下　五ノ廿五リ
石木草葉斷其語 謂群神吾皇御孫命者
豐葦原水穗國安平知食天降奉寧之
時誰神皇御孫尊朝之御食夕之御食尊(常御)
之御(膳ゝ)長之御食遠之御食ゝ與(與食大嘗會膳)
(曉御膳ゝ故事)
(已上皆以卜食)可仕奉神問ゝ賜之時經天香山白
真名鹿一疏云(白真男鹿)吾將仕奉我之肩骨內拔
ゝ出火成卜以問之問給之時已致太偽太(抜之)詔
戸命追啓天拱持神女住天香洪(?)比女命(今…)天
(津詔戸太詔戸命ゝ)
(太詔戸命　兆膳事)

(20オ)

白真鹿者可ノ知上國之事ノ何ノ知地下之事ノ吾
者能知上國地下天神地祇況復人情攬搜
但手足容貌不同群神故皇御ノ孫命放天
石座別八重雲天降坐立御前下來也ゝゝ吾
八十骨(甲也)乾曝日以竿打小斧天之千別
千別甲上甲尾真澄鏡取作之以天刃(カタホリ)堀町(イナノトツニ)
判椿之(穴鑿似町云ゝ)
先師疏云太占穢大町櫻甲穴鑿者也
五ノ廿六

廿二

大同云此卜亀卜歟　先師説云此時ノ卜者
鹿卜也亀卜者皇孫天降之時太詔
戸命進而述亀者之後出来者也
異朝ニ始者鹿卜之由有所見者

鹿卜事

次淡路洲淡洲為胞

私記曰問以二洲為胞何有二胞哉　答此文假借
之欲歟以下者洲足為八嶋与此二洲有餘

二六

故以二洲為胞其實未必有二胞歟
予案之恐先有之使歟

次生海次生川次生山

私記曰問古事記之説自海以下是生其形也
今此紀只云生海不其意如何　答今此只生
海等未必獨生其神也是獨上文生大八
洲之類也即依生其神兼成其實耳此
而古事記異也

生其形（一本）

廿七

五ノ廿七

大日靈貴
私記曰問日者是陽精月者是陰精也即以日為日以月為月也男女陰陽之別也而今謂日神為女神謂月神為男神也何其相反乎
答今此所問者是唐書之義也今此間謂日神為於保比留咩謂月神為男人男是自本朝神靈之事耳 丈 如与

五ノ廿七

生者生其
辛非之
唐書問也或說此云春者是生其主神也然則日者是陽月者是陰也但以陰神配陽日以陽神配陰月也是猶乾坤六子陰陽相乖配之耳
云深私記云或說是非也既云大日靈又下文素戔嗚尊謂之阿姉即是天照大神自女神也月弓尊又是男神也何故日陽月陰其主神又相反乎其

廿八

義無所據

又問日者君之象也月者臣之象也而
今謂日為陰謂月為陽然則日者臣之象
月者君之象歟
答此只以日為女以月為男耳其君
臣之象未必相違凡此日月二神其事
奇恠未必詳論其狀故先儒又闕之
不詳ゝ

私案五行大義云天以一生水於北方君子
之位也陰氣凝勤於黄泉之下始動無
二天數与陰合而為一水雖陰物陽在於内
従陽之始故水數一也極陽生陰々始於午
始亦無二陰陽二氣各有其始王應言一
而云二者以陽尊故尊既猶然陰卑積和
配以能生而陽數偶陰在火中火雖陽物
義従陰配合陰始故従始立義故火數二

廿九

(23オ)　(22ウ)

水火陰陽事

五ノ廿九

也地以二生火於南方天以三生木火中雖
陽而義從陰配會 故火數二也 其餘例爾 又云水雖陰物陽
在其内故水體内明火雖陽物陰在其内故
火體内暗云云 以之案之火者雖為大陽之
精其數二者是陰之數也水者雖為大陰
之精其數一者是陽之數也茲則日雖為
陽氣其主為陰神月雖為陰氣其主為陽
神者蓋可案此歟又陽内有陰陰内有陽

其主為陰神

極陽生陰之義於焉可知又案字書水南
謂陰水北謂陽云云者陰陽二氣也能變也云云
就之言之水者大陰之精也南曰陰北曰陽是
則陰陽互其之謂也又陽者陰陽二氣也
能變也云云 然者日者雖為陽氣其主為陰
神者是各表二氣相能變之義歟
私記曰 大八洲及山川草木皆莫不陰陽之
神之所生終生日神月神而未見生日之神

五ノ四十

（24オ）　（23ウ）

之文如何
合諸紀之中誠無所見但此紀神代
下星神香々背男々々雖不注其父母神
若是伊奘諾伊奘冉尊之所生歟々々舊
史々師説共闕此事今述愚案耳
又聞葉春秋説題辭々星之為言精也陽
之榮也陽為日々分為星故其字日生為
星也々々然則已生日神之精分々可為星

若陰陽二神別不可生星神歟
答漢家之風儀以日域之古事史書
所注和漢皆異更難比擬日月已生可
懸天然者陰陽二神何不生星神哉
星神す
經津主神々々
天書曰經津主神者天之鎮神也其先出自諾
尊初諾冉尊斬混究亟成赤霧々下陰闇直
達天漢化為三百六十五度七百八十三磐石々々是
稠星度之精也氣化為神号曰磐裂是稠威

星之精裂生根去是謂熒惑之精去生磐筒
男〻是謂大白之精男生磐筒女是謂辰星之
精〻生經津主〻〻謂鎮星〻〻精
[redacted]葉之星精之化生天書已条然先
賢猶迷委曲歟
先師説云天照太神所本地大日〻〻条炳焉者
大作云大日本國者真言文或大日乃本國之心云〻
今文符合殊勝事也　備問云異朝昔有

（25ウ）

巨盤一人盤古氏死後則爲　天作頭則爲地觀則爲晝
瞑則爲夜壽八一万歲死後目爲日月脂膏爲金石
脂血爲江河毛髪爲草木云〻本朝日月者陰
陽二神所生之然則和漢二朝日月可謂各別
歟如何　先師説云可爲各別之當紀文モ併與
諾冉洗左右眼生日月神〻由有一説桐似盤
古〻昔歟　都督云南贍部浮洲者是一世界也
二朝日月不可各別也　大作云尋源一万事雖不

（26オ）

所有差別二朝々起日月々初尚可謂各別也

天地相去未遠

三五暦紀曰天日高一丈地日厚一丈盤古日長一丈

如此萬八千歳天數極高地數極深盤古極長

長後乃有三皇數起於一立於三成於五盛於

七處於九故天去地九萬里

先師説云神代天地相去不遠尤叶此儀歟

以天柱擧於天上

私記曰問以天柱擧於天上是日神上天

時以天柱爲登橋歟将又天神先所賜之天瓊

矛令述上下天歟書紀之文々見滞而難以将

可爲是哉　答天照太神光華無襲故以天之

御柱爲其登橋即送之於天而天柱甚短而爲

其登橋者是時二地相去未遠之故也此即天

地ノ柞之義也　又問或説云天柱者是天

神先所賜瓊矛也方今洲國已生一力功皆畢

故以其瓊矛返刺於天之非為天照大神之橋乎
又公望私記云案此文以伊諾神上天之事非謂
他事何更遠指彼矛乎云々如何　答読者云彼
矛即チ於磤馭慮嶋為小山也何以小山上於天乎
此読非也然則天柱者瓊矛之此矛為山傳自
彼山登天歟是猶以天柱為其橋之義也豈非
為天照大神之橋哉　又問以生月神其光彩
亞日可以配日而治故亦送之于天云々已無登

五ノ四十三

（27ウ）

橋歟日神以橋得登天者月神何無此儀然云
以天柱非為橋之義歟　答先文以天柱為登橋
送日神於天之由明矣送月神之時定用同
橋歟制表文之法具前略後常事也　又問今
云日神以柱為橋昇天之然則前伊奘諾尊
及素戔嗚尊等之神共有登天其時以何等
為梯得昇之哉　答是神明霊異之事未
詳其意又無所見歟

五ノ四十四

（28オ）

三歳

私記曰問于時未有暦数而今謂三歳是指何日為一歳哉　答昔上古朴略之言也未知其實蓋是假言歟

天磐橡樟船

私記曰問此船者其實何物哉　答是以橡樟本為船耳今稱以磐者堅牢之義也　但至于

五ノ四　十四

饒速日神只曰磐船未詳其同異也　又問注一書説生島之磐橡樟船也今此不云生之是何處在船哉　答神道不測難知其所是蓋自然見歟再未必自身生者也互可捻合一書之説也　問此蛭児已従放弃君有所成之神哉　答無所見先儒不闕之

根國

私記曰謂黄泉也

五ノ四　十五

（29オ）　（28ウ）

大閤、円明寺入道殿 実経 御同之

博陸、一條攝政 家経 御同 （実経公子也）

都督、雅言卿之

正安三年六月十三日申刻 點校了

於南窓下加一見畢

太常卿卜部朝臣兼永

口十三

（30オ）

（29ウ）

（30ウ）

巻六

述義二

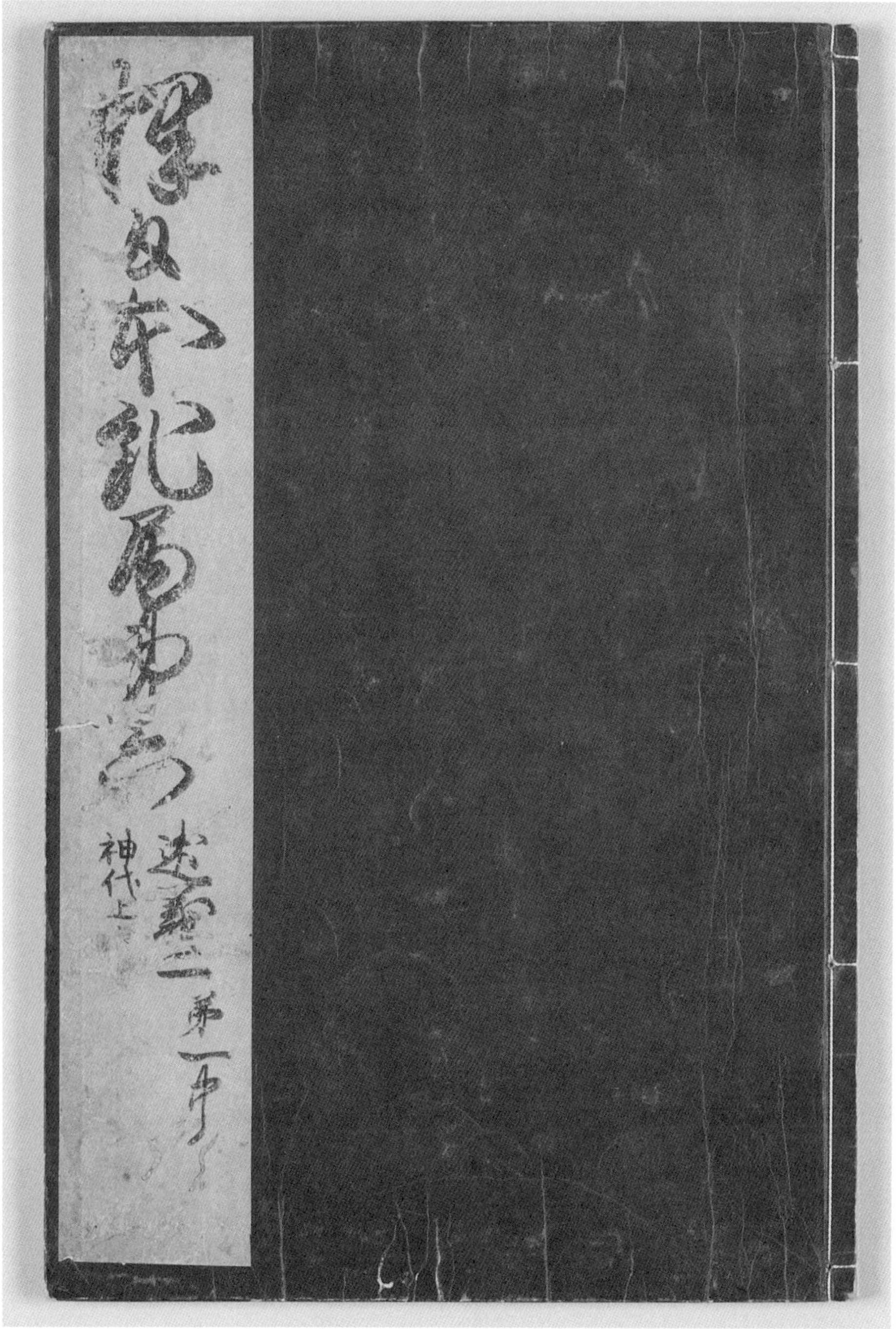
神代上

釋日本紀巻第六

述義二　第二

第一中

白銅鏡

私記曰問案万葉集云犬追牛之鏡也然則當讀

万曽美歟　答古者須与曽音通用故或云麻須

美或云麻曽美譬猶素戔嗚尊之處曽与

須相通也

六一

（1ウ）

六ノ二

又問今謂之麻須美其意如何　答是猶真澄也
言是真實澄清之鏡也　又問今如此鏡者天
物之始皆有其由今有此鏡何人初作哉
答未詳　又問此鏡今有何處哉　答未詳
私案万葉曰真祖鏡或犬馬鏡或白銅鏡或真
澄鏡云々歌曰祝部等之斎三諸乃犬馬鏡懸而
偲相人毎云々以之案之白犬通呑聲追牛志聲
也志聲通曽件集以馬聲稱伊以蜂聲等讀

（2オ）

謂鏡之故歟

火神
延喜式祝詞巻曰鎮火祭云々神伊佐奈伎伊佐
奈美能命妹背二柱嫁継給弖國能八十國嶋
能八十嶋乎生給比八百万神等乎生給比麻奈
弟子尓火結神生給弖美保止被焼弖石隠坐
弖夜七日晝七日吾奈見給比曽吾奈妹乃命止
申給比七日尓波不足弖隠坐事奇弖見所行

六ノ三

六ノ四

須
時火乎生給弖御保止乎所燒坐支知此時
吾名妹能命能吾乎見給布奈止申乎吾乎
見阿波多志給比津止申給弖吾名妹能命波
上津國乎所知食倍志吾波下津國乎所知止申弖
石隱給弖与美津枚坂尓至坐天所思食久吾名
妹命乃所知食上津國尓心悪子乎生置天來
奴止宣天返坐天更生子水神匏川菜埴山姫四
種物乎生給天此能心悪子能心荒比留波水匏埴

六ノ五

山川菜乎持天鎮奉礼止事教悟給支依此天
稱辞竟奉者皇御孫乃朝廷尓御心一速比給波志止
爲天進物波云々
神祇令曰季夏鎮火祭　謂在京城四方外角卜部等鑽火而祭爲防火災故曰鎮火
水神　罔象女
史記　孔子世家十三　曰水之怪龍罔象　或云罔象食人一名沐腫

六ノ六

天吉葛（アマノヨサヅラ）
私記曰是當神名但謂之天吉葛其意未詳

葬
於紀伊國熊野之有馬村
私記曰同古事記（舊事本紀文同之）云其所神避之伊耶那美命者
葬出雲國与伯耆國比婆之山也而今此云葬
之紀伊國何其相乖哉
答神道不測未知其
實、所聞各異所注又異是猶黄帝之冢處て
不定

風神
級長戸邊命

倉稲魂命
神名帳曰大和國廣瀬郡廣瀬坐和加宇加乃賣
命神社 名神大月次新嘗
又曰同國平群郡龍田坐天御柱國御柱神社、

六ノ七

（4オ）　（3ウ）

六ノ八

二座 並名神大月次新嘗

舊事本紀第一曰伊弉諾尊曰我所生之國
唯有朝霧而薫滿矣乃吹撥之氣化爲神
是謂風神也風神号曰級長津彦命次級長
戸邊神次生飢時兒豐稲倉魂命
神祇令曰大忌祭 謂廣瀬龍田二祭也令山谷水變成甘水浸潤苗稼得其全稔故有此祭
又曰風神祭 謂亦廣瀬龍田二祭也欲令沴風不吹稼穡滋登故有此祭
神祇四時祭式曰大忌祭一座 廣瀬社 午準此 云〻是日以御
縣六座山口廿四座合祭云〻風神祭二座 龍田社 七月准此
同式曰凡祈年祭二月四日大忌風神祭並四月
七月四日月次祭六月十二月十一日神嘗祭九月
十一日其子午卯酉等日祭各載本條自餘
祭不定日者臨時擇日祭之
同祝詞曰廣瀬大忌祭云〻皇神能御名乎
白久御膳持須留若宇加能賣能命云〻
又曰龍田風神祭云〻天乃御柱乃命國乃御柱

六ノ九

(5オ)

(4ウ)

六ノ十

乃命云〻　子細見式

又曰大殿祭云〻神御名神名ヲ白久屋船久〻遅命是木霊也屋船豊宇氣姫命是稲霊也俗詞宇賀能美多麻命産屋以辟木束稲置於戸邊の以米散屋中之類也御名波白テ

奉稱云〻

●唯以一児

私記曰問此意如何　答古事記及日本新

六ノ十一

抄並云謂易子之一木ヰ古者謂木爲介故今云神今食者古謂之神今木矣必以木爲喩者蓋古以貴人喩於木故謂神及貴人爲一柱一木矣今此云子之一木猶如云子之一柱矣以賤人喩於草故謂天下人民爲青人草也

●經津主神祖　神名帳云下総國香取郡香取神宮名神大月次新嘗

●武甕槌神祖　神名帳云常陸國鹿嶋郡鹿嶋神宮名神大月次新嘗

六ノ十二

鹿嶋
石上布都努

舊事本紀曰伊弉諾尊遂拔所帯十握劔斬軻遇突智云々劔鐔垂血激越爲神亦血垂就湯津石村所成之神名曰天尾羽張神亦名稜威雄走神亦云甕速日神次熯速日神亦槵日神 今坐天安河上天窟之神也 兒建甕槌之男神亦建布都神亦名豐布都神 今坐常陸國鹿嶋大神為石上布都大神是也 復劔鋒垂血激越爲神亦血走就湯津石村所成之神名曰磐裂根裂神兒磐筒男磐石筒女

星度之精
歲星
大白
辰星

二神相生之神兒經津主神 今坐下總國香取大神是也
天書曰經津主神者天之鎭神也其先出自諾尊初諾尊斬温突血成赤霧天下陰闇直逢天漢化爲三百六十五度七百八十三磐石是謂星度之精也氣化爲神号曰磐裂是謂歲星之精磐裂生根裂是謂熒惑之精根裂生磐筒男是謂大白之精男生磐筒女是謂辰星之精女生經津主是謂鎭星之精

六ノ十三

六ノ十四

又曰武甕槌者天之進神也其先出自陵威雄走々々
昔有天圓霧方四里許其中有小孔化爲石窟々中
有神是謂雄走々々生甕速日々々々生熯速日々
々々生甕槌々々々生而倜儻形儀類頻躰勢
如猴權武烜之志懐霜雪稱擧武藝云釋主進
列在八十諸神上

圓霧義

私記曰是山神也但謂之シカノ未詳其由
豊後國風土記曰直入郡球覃郷在郡北此村有泉
纏向日代宮御宇天皇　行幸之時奉膳之人擬於
御飲令汲泉水即有蛇龗謂於箇美於茲天皇勅
云必將有臭莫令汲用因斯名曰臭泉因爲名
今謂球覃郷者訛也

六ノ十五

霾

六ノ十六 説文曰龗也 連丁反
玉篇曰力丁切龗也又作靈神也善也或作𩀉

[redacted]案之圖龗非山神可謂龗地之類也

私記之説不審也

湯津爪櫛

私記曰師説湯者是潔齋之義也今云由紀者是
湯之義也云主基者是其次也然則湯者是伴
波比支与麻波留之語也津者是語助也故天津

等皆是也爪櫛者其都知爪也 又問今此云爪櫛与下々
文投於醜女爪櫛者同歟異乎 答案古事記云
判左之御美豆良湯津々間櫛之男柱一箇取
闕也 下文云判其右御美豆良之湯津々間櫛引
闕而投弃然則左右各別此文雖不見而猶可依
彼文也

秉炬

私記曰問此云多比于其意如何 答師説猶如云
六ノ十七

六ノ十八
手火是一个之火故云手火古事記云一火也
夜忌擲櫛
私記曰同取闕男柱一箇火一火故忌擧一火也何故
更忌擲櫛哉　答是蓋取闕男柱已畢之後即
投弃其櫛歟故人忌擲櫛耳又下文伊奘諾
尊投湯津爪櫛此即化成筍云々自茲忌擲
櫛歟

（9ウ）

不須也凶目汚穢之國
私記曰同是何國哉　答是則黄泉之國也其
在地下可甚汚穢故得此名也　又問今知此等
上下文次者凡行泉國者必是自行不知今世死
者身留而魂行者也然則始自何世知今死者
乎　答此事甚難知者也　蓋神人頭与人異也
未必具説
六ノ十九

（10オ）

六ノ九

醜女
私記曰 問是何物哉 答或説黄泉之鬼也今世人爲
恐小兒稱許々女者此語之訛也

泉津平坂
出雲國風土記曰出雲郡宇賀郷自礒西方
在窟戸高廣各六尺許窟内在穴人不得入
不知深淺也夢至此礒窟之邊者必死故俗
人自古至今号黄泉之坂黄泉之穴也

古事記上巻曰黄泉比良坂者今謂出雲國之伊
賦夜坂也

塞其坂路
私記曰 問既以大磐塞其坂路何故二神得〔相〕對立也
答是擧中國与黄泉不得相通之始也故以磐
石爲言也是自不通何妨大磐石乎 又案古
事記其石置中各對立云々

六ノ九一

六ウノオ二

建絶妻之誓（コトトワタス）

私記曰　問何故讀建爲度哉　答案古事記云度
事戸矣故今尋彼文而讀之度者猶如言度
絶斷夫妻之交也古本云古止ミケタニ知支　但先師
依古事記也

岐神（フナトノカミ）

神祇式祝詞曰道饗祭ニ云大八衢尓湯津磐
村之如久塞坐皇神等之前尓申久八衢比
古八衢比賣久那斗止御名者申天云々　根國底
國与里麁備疎備来物尓相率相口會事無久
神祇令曰季夏道饗祭　謂卜部等於京城四隅道上而祭之言欲令鬼魅自外来者不敢入京師故預迎於路而饗遏
神代下巻曰大己貴神乃薦岐神於二神曰是
當代我而奉從也故經津主神以岐神爲鄉
導周流削平

八十枉津日神（ヤソマガツヒノカミ）

六ノオ三

（12オ）　（11ウ）

六ノ九四

私記曰
問此神名若有意哉　答古事記云禍津日神
小云八也今此作枉蓋是到於黄泉是万加万加之末也
中云殊云八十者凡神道必以八数物数小者只八中者
八十大八十大者八百今是欲挙其枉大数故云八十歟
大云八百本云
但未為定説耳

住吉住吉大神
私記曰
問上文底津中津表津等神名既有所由今此座
中筒筒男表筒男等三神名若有所見哉　答此等三神

似有所由但先師不傳今又案之　又問今知此文者
此三大神者當在筑紫橘之小戸而今在攝津國
スミノエ墨江如何　答此神荒御魂者猶在筑紫但和
魂獨在墨江耳　案神功皇后紀云九年三月皇
后親為神主於是審神者七三八曰今不答而更後
有言乎乃對曰於日向國橘小門之水底所居
而水葉稚之出居神名表筒男中筒男底
筒男神之有也時得神語随教而祭之然則

六ノ九五

（13オ）　（12ウ）

六ノ廿六

此神本在筑前小戸邑神功皇后初遷居
於攝津墨江乎
神名帳曰攝津國住吉郡住吉坐神社四座並名
神大月次相嘗新嘗　先師說云稱四座者神功皇后坐別殿也
仲哀天皇紀曰伐新羅之明年向京皇后之舩
直指難波于時皇后之舩廻於海中以不能進更
還務古水門而卜之表筒男中筒男底筒男
三神誨之曰吾和魂宜居大津渟中倉之長峽便
因看往来舩於是随神教以鎮坐焉

六ノ廿七

攝津國風土記曰所以稱住吉者昔息長帯比賣
天皇世住吉大神現出而巡行天下不見可住國
時到於沼名椋之長岡之前　前者今神宮南邊是其地　乃謂斯
實可住之國遂讃稱之云真住吉住吉國仍定
神社今俗略之直稱須美乃叡

麻嶋比濱珂曇　斯香神　六ノ廿八

阿曇連等所祭神

神名帳曰筑前國糟屋郡志加海神社三座　並名神大

先代舊事本紀曰底津少童命中津少童命表津少童命此三神者阿曇連等齋祠筑紫

斯香神

筑前國風土記曰糟屋郡資珂嶋昔時氣長足姫尊幸於新羅之時御船夜時來泊此嶋有陪従名云大濱小濱者便勅小濱遣此嶋覓

吹得早來大濱問云近有家耶小濱答云此嶋与打昇濱近相連接殆可謂同地因曰近嶋今訛謂之資珂嶋

可以治滄海原潮之八百重也

私記曰

問今勅任三子曰天照大神者可治天原也月弓命者可治滄海也而今月弓命不治滄海而在天照庭其意何相違哉　六ノ廿九

答月者是陰神也

六ノ九

月光海水共是相通也月神便治滄海之事者
以其共陰神故也故雖治海水而在天照施也
公望私記云案此說非也　案下文一書曰素戔嗚
尊可以治滄海原之事也然則三子之治雖分配
既畢而未忍知之但所見各異故或書以素戔
嗚尊及滄海之神或以月弓神為海中之主然
則何以月神海神共是陰神為治滄海乎
又問隣云八百重有何意哉　答是欲明海水之

甚深矣言海水之深如重〻百言其深也　私同
此書之意日者為陰神月者為陽神而此月神
便治滄海事者以其共陰神之故也云〻　如何
答日者是陽之精火也月者是陰之精水也而
此書以日神為陰神以月神為陽神義理已乖
由緒未詳今此以月稱陰神者為頭本精之為
陰氣也非謂本躰之為陰神也　其躰雖在天上其
光遍照海底又隨月之出入有潮之盈涸月与水

六ノ十一

(16オ)　(15ウ)

六ノ廿二

本精相通之故其共稱陰神也月弓尊治滄海
之義於焉可知矣
八握鬚髯
私記曰
問八握之髯如何　答言其髯之長如八握矣古
事記云至八拳須至于心前也握訓沕
欲從母於根國
私記曰
問如此一書并古事記文者伊奘冊尊生火
神時被焦神退伊奘諾尊追至泉國還來乃

滌去吾身之濁穢則往至筑紫日向小戸橘之檍
原而秡除之時洗左眼因生天照大神復洗右眼
因生月讀尊復洗鼻生素戔嗚尊　然則素
戔嗚尊非伊奘冊尊之所生何故欲從母於
根國哉　答令如此一書并古事記之文者非
伊奘冊尊之所生也但昔伊奘諾伊奘冊
共爲夫婦素戔嗚尊縱非伊奘冊之所生
猶爲伊奘諾之子因其本勅縱云從母耳其

六ノ廿三

六ノ廿四

實非母是明也是頗難會之文也

問伊奘冉尊既行黄泉而今云從母於根國并則泉國与根國為同哉　答先師相傳云根國一名泉國故上文云泉國今此云根國其實同耳文素戔嗚尊就於根國又謂就黄泉之國耳

大山祇神　大山祇　三嶋

神名帳曰伊豆國賀茂郡伊豆三嶋神社　名神大月次新嘗

（17ウ）

先代舊事本紀曰物部金古連公三嶋韓國連之祖

又曰伊豆國造神功皇后御代物部連祖天蕤桙命八世孫若建命定賜國造

神名帳曰攝津國嶋下郡三嶋鴨神社　小

神名帳曰伊豫國越智郡大山積神社　名神大　俗稱三嶋明神

伊豫國風土記曰宇知郡御嶋坐神御名大山積神一名和多志大神也是神者所顯難波高

九ノ卅次

（18オ）

五ノ廿六

津上宮御宇天皇御世此神自百濟國度來坐而
津國御嶋坐云〻謂御嶋者津國御嶋名也

火雷

神名帳曰山城國乙訓郡乙訓坐火雷神社名神大月次新嘗
山城國風土記曰賀茂建角身命娶丹波國神
賀茂
神伊古夜日女生子名玉依日子次曰玉依日賣玉
別雷
中
依日賣於石川瀬見小川之遊爲時丹塗矢自
川上流下乃取挿置床邊遂孕生男子至成人
時外祖父建角身命造八尋屋竪八戸扉醸
八腹酒而神集〻而七日七夜樂遊然与子語言
汝父思人令飲此酒即舉酒坏向天爲祭
穿屋甍而升於天乃因外祖父之名號可茂
別雷命所謂丹塗矢者乙訓郡社坐火雷命
在

六ノ廿七

速玉之男
泉津事解之男

神名帳曰紀伊國牟婁郡熊野早玉神社大
熊野坐神社名神大

五ノ卅八

保食神

私記曰 問讀宇氣母知其義如何

答師説保猶保持之宇氣者食之義也 言是保持食物之神也

貯之百机

私記曰 問今讀此文為百取之机然則百人共擎一机

言其高大也 若云百前之机者如何 答先師

傳曰百人所取之机也 若謂百前之机者於文

忽得之 但先師讀不可輙改

化為牛馬

私記曰 問案下卷馬者自百濟國所將來也 而今化為未

就其意 答是忽異説耳 今此文者保食

神化為耳

兼方案之自百濟將來以前馬多之此問答不害 天斑駒〻類也

五ノ卅九

顯見蒼生（ウツシキアヲヒトクサ）

私記曰　問讀宇都志岐阿乎比等久佐其義如何　答
師説顯見者見在之義也人民者是顯然所
在故云宇都之也

五ノ四十

天邑君

私記曰　問此号如何　答　所謂天者是例文之美大之辭也
言此時初定之君邑々々君也是居在地下而所定之

官職初事

非謂在天上之々是官職初置之本也

構幽宮於淡路之洲

私記曰　問大八洲既立何故終隱不充子數之洲哉　答
凡八洲始乎同神道然此淡路之洲者是最初生
出者也故今爲終又隱是終始同處之義也或
説君者陽也陽之方者即南也今此洲即在南之方
是人君之本位也故殊隱此洲耳

五ノ四十一

五ノ四十二

神名帳曰淡路國津名郡　淡路伊佐奈岐神社　名神大

留宅於日之少宮矣

私記曰
問少宮其義如何　答是東北方之地也是則少
陽之宮也日者國在東方也若少此則是少雅之
山ヤ　地也即艮方葉易曰艮為山又為止然則謂此國
出止也為山止者名出於此文謂之日陽宮者以其在東
北陽也即近江國犬上郡多賀社之宮正值此方也

然則此云少宮者且入近江之宮也非謂在天上也

神名帳曰近江國犬上郡多何神社二座
日向神社

五ノ四十三

八坂瓊之五百箇御統

私記曰
問案古事記云八尺勾璁之五百津之美須麻流之
珠也而今此文云八坂彼是同異請聞其說　答古
事記之體悉以假字作之未必其字与義符合

九ノ四十四

地名

乀古事記云八尺今此云八坂蓋是尺与坂其ヽ讀相
涉故其字又異乀然則此云八坂者蓋是地名乀此
地出瓊玉採之以作御統故遠尋本地云八坂瓊
乀非謂八尺之勾玉乀　問御統何物哉　答是
聯綴瓊玉為之其玉穿穴綴集所成乀以之
嬰繫其頸以為瓊飾故古事記云瓊須麻流
之珠乀古事云阿奈太万波也瓊是乀則穴玉耳
古事其、玉一耳孔穴連古乀
又同案古事記曰五百

九ノ四十五

須之瓊須麻留者則此文當讀乎保都乃
古事記
瓊須麻留
答古記見有之字須依此加讀但此文瓊下乙有之
記八尺勾瓊之五百津之瓊須麻流之珠
字者更加能辞者於文煩為繁多故先師不
加能辞於義文通乀
越後國風土記曰八坂丹玉名謂玉色青故云青八坂丹玉乀
先師説云瓊者赤玉乀統者総乀言聯綴五
百箇乀玉以総纏其頸乀義乀神代乀風以玉

五ノ四十六

爲身飾延喜太神宮式御装束内頸玉手玉

足玉緒在之蓋神世之因縁也

瓊　渠營反（説文云赤玉也）説文云赤玉又玉枝

綸　綬也紀也

髻　モトヽリ　唐韻云髻也　順和名云毛止ゝ利

鬟　ミツラ　用組束髪也　四聲字苑云屈髪也　順和名云美豆良

腕　ウテ

背　セナカ　ソムキ

臂　ヒヂ

五ノ四十七

五ノ四十八

千箭之靫五百箭之靫

私記曰問古事記云千入之靫注云訓入云能剝棄而今訓箭云能棄何其不同哉　答凡云千入千箭者皆是一靫載入千枚之箭者若只謂之千入者不知入者何物故今此紀直言千箭自明入者是箭矣即知言千載者是載千枚之箭矣古事記者靫是入箭之器也不言自知故只云入之訓字雖少異与其義正同然則彼此不違耳

靫

太神宮式曰錦靫廿枚箭四百八十隻　蒲靫廿枚箭一千隻　以烏羽作之　草靫廿枚箭七百六十八隻

大問云以箭讀乃理之義如何　先師申云乃理之訓者載之心又入之詞也言一靫入千箭入五百箭也靫者是入箭之器也

稜威

私記曰問此二字謂伊都其義如何　答師説稜威者是可畏之義也蓋古謂加之許支為伊都也

五ノ四十九

五ノ卅

高鞆

私記曰　同古事記云竹鞆今此云高鞆其読如何　答今既云高鞆即是高大之鞆也古記云竹鞆即假字言之其意即高大也或読竹鞆者以竹爲之是似臆説甚非耳

鞆

太神宮式云以鹿皮縫之胡粉塗以墨畫之納樽麻笥二合径一尺六寸五分深一尺四寸五分

應神天皇紀曰天皇在孕而天神地祇授三韓既産之宍生腕上其形如鞆是皆皇太后為雄裝之負鞆故稱其名謂譽田天皇　上古時俗号鞆謂褒武多焉

劔柄

大問云訓之多加比其義如何　先師申云案風土記曰向國宮埼郡高日村昔者自天降神以御

五ノ卅一

五ノ五十二

𨨞柄罔乘於此地日日興柄村後人改曰高日村云々

神世之昔以𨨞之柄耕之加此々之可知乎

蹈堅庭而陷股

私記曰
問如或説其意易ノ今云奴岐者其意如何
答云奴岐者即是貫之義也言蹈貫堅庭至于二
股也　讀貫少略故云奴岐其意又同
同古事記云於向股蹈那豆美注云三字以音今如
此文者當讀蹈那豆美也何其可用

答今此欲言威猛之勢故云蹈堅庭如沫雪更云
那豆美者於事頗劣也故不依古記是先師之説也
今為依之　問古記云向股其意如何　答向股猶
兩股也兩股是正相向故云向股耳更無別義或
説向股者是内股也兩股之内方也是兩股正相向當
之方故云向股此説非也蹈堅庭蹈股者當是内外
兩方共陷何得内股既陷外股不陷故知非

若沫雪

五ノ五十三

五ノ廿四

私記曰
同謂沫雪其意如何　答師説沫雪是雪之脆弱
者也其弱如水沫故云沫雪

蹵　子六反　蹴蹋也
玉篇云蹴同之　蹋践也
桒之ケフム也

嘖譲（コロヒ）
私記曰師説古者謂嘖為許呂比是責譲之義也

嘖　壮革反責譲也

䶩然咀嚼（サカミニカムテ）
先師説云䶩然ハ歯為堅之聲也

咀嚼　嚼也

正哉吾勝々速日天忍穂耳尊
私記曰
同正哉吾勝既有其由勝速日以下若有意哉
答先師不伝之

五ノ廿五

五ノ　五十六

ヒタシ養　或説並知字

私記曰
問子養長兩字云比太須其義如何　答師説比太須者猶知日足也言凡人子初生之時日數最少而漸ゝ長養日數最稍足故謂養長其子ヲ日足耳

奉助天孫而爲天孫所祭矣

私記曰
問天孫是何誰哉　答天津彦火瓊ゝ杵尊是也是天神之子正哉吾勝ゝ速日天忍穗耳尊之子也於天神爲其孫也故云

天孫

私案天津此尊者吾勝尊之子母栲幡千ゝ姫也吾勝尊者天神天照大神之子也栲幡姫者天神高皇産靈尊之女也天津尊爲二柱天神之孫故奉稱ゝ天孫又奉号ゝ皇孫

大問云此天孫指何哉　先師申云古答指天津彦火瓊ゝ杵此尊云ゝ此條不可述也于時瓊ゝ杵尊未

五ノ　五十七

（29オ）　（28ウ）

五ノ五十八

生給、此者此天孫者不可限一人、未来継体者皆悉是也

筑紫胸肩君等所祭神

神名帳曰筑前國宗像郡宗像神社三座 並名神大

瓊八坂瓊之曲玉

先師説云当時璽筥中物者此曲玉也

（29ウ）

共立誓約

先師説曰世俗之詞誓言立此本縁也

市杵嶋姫命 是居于遠瀛者也

神名帳曰安藝國佐伯郡伊都伎嶋神社 名神大

先師説云案之于与都 此云タチ 以上下ノ同五音也、日本紀之訓同音之字通用也、然則亦不依字相訓之三座之

五ノ五十九

（30オ）

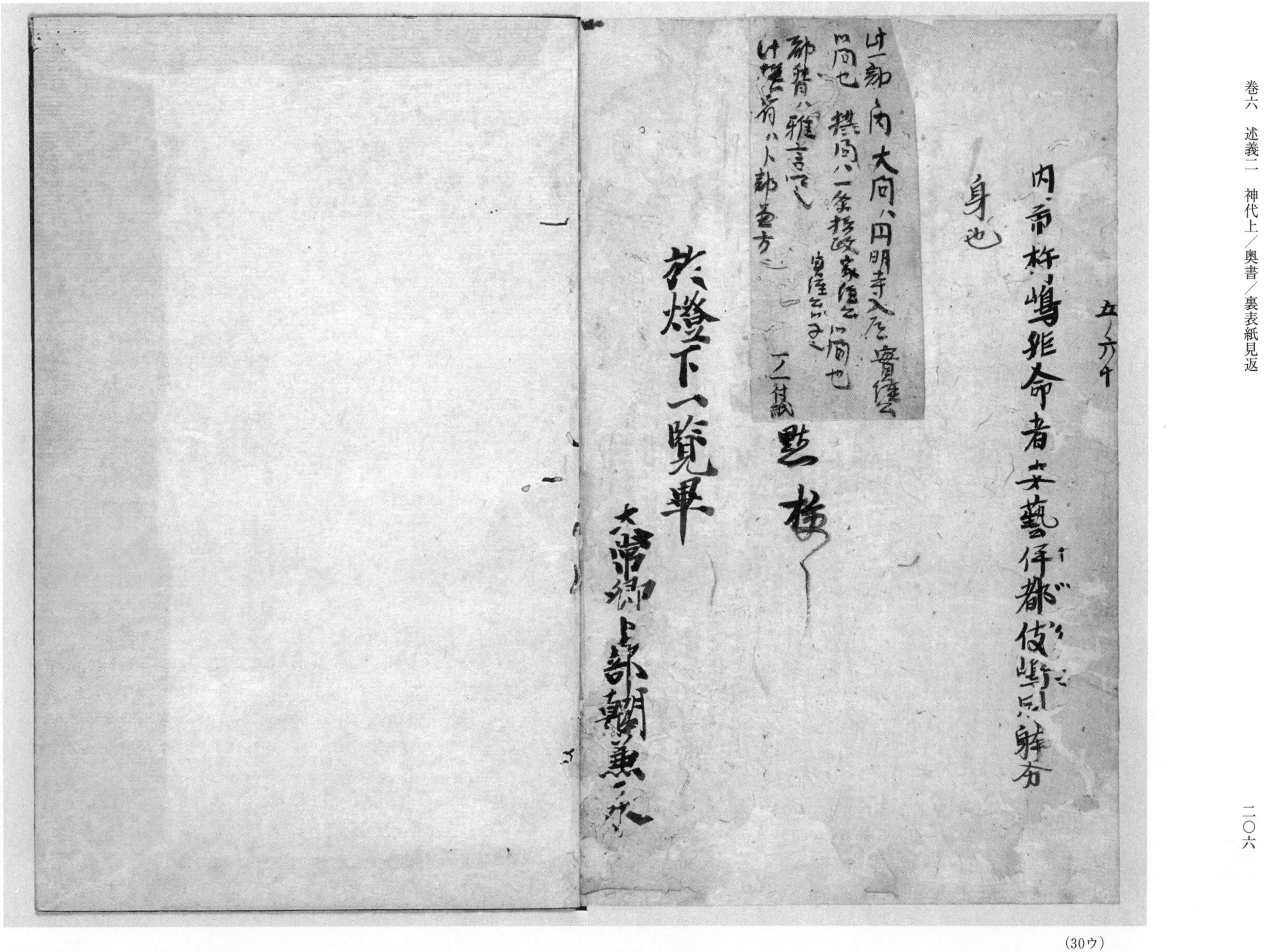

（30ウ）

巻七

述義三

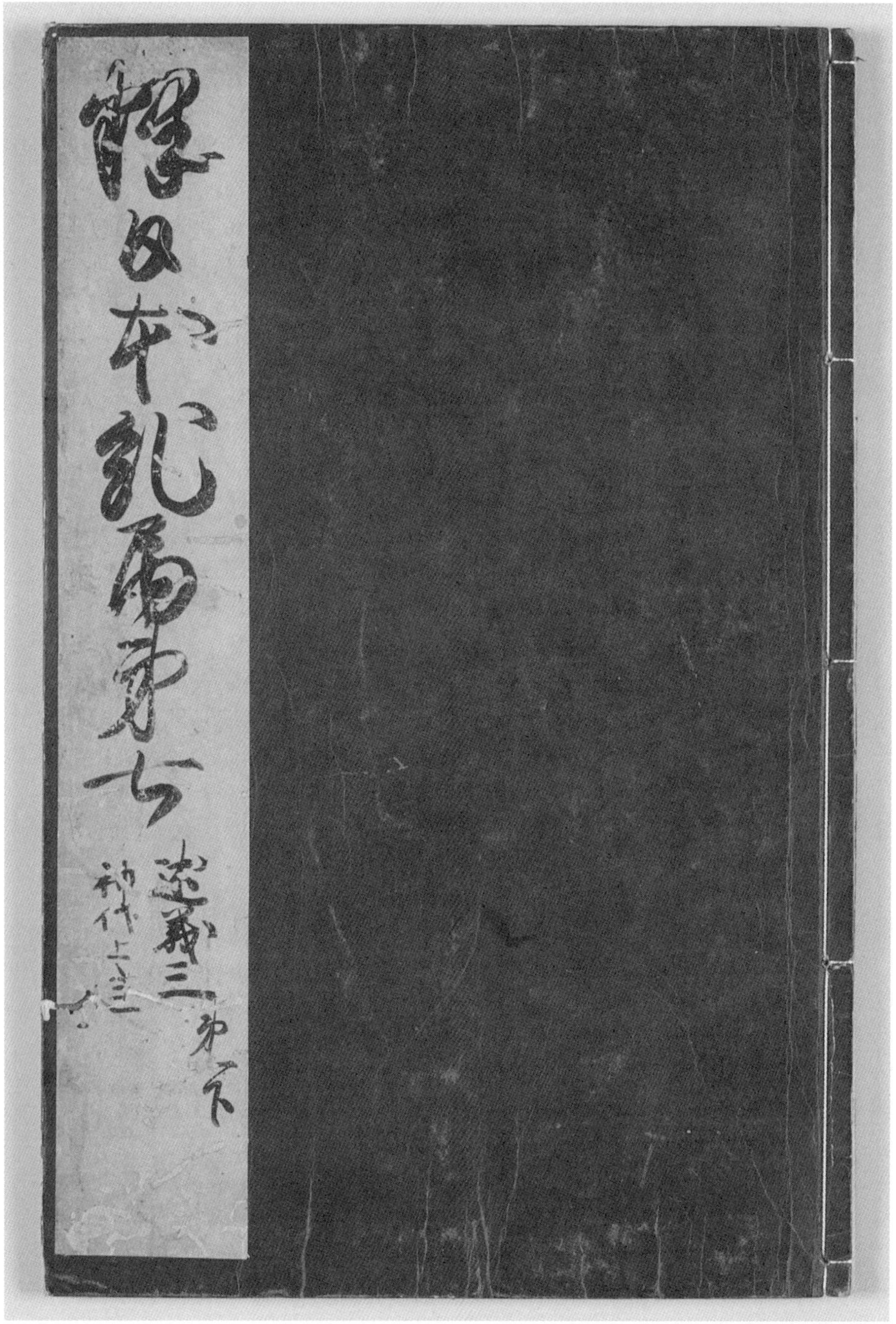
釋日本紀第七
述義三
神代上

釋日本紀巻第七

述義三　第一

第一下

重播種子

私記曰
問其意如何　答若人既播種子而後重疊更
播種子謂之重播種子若如是者則前播之
人有深患害故以為大忌也天神前蒔播種
而素戔嗚尊重又播種當奉為白神有害故

七ノ一

（1オ）

七ノ一

日神蔑慍

當新親嘗時　私記

問新嘗之義如何　答新嘗者是新穀熟歟

乃供饗食嘗也謂之尒波也今加太奈比之謂者

是師說之所讀加也即是會之義也言是

新嘗之會

當世　私記曰

七ノ二

問是何處哉　答或書此國名云蓬莱、然則

是仙人之所居耳所在未詳

私案雄略天皇紀云浦嶋子入海到蓬莱山

此訓讀トコヨノクニ

垂仁天皇紀曰廿五年天照大神誨倭姫命曰是

神風伊勢國則常世之浪重浪歸國也傍國

可怜國也欲居是國且

同紀曰九十年天皇命田道間守遣常世國

七ノ二

令求非時香菓 今云誦備也 九十九年明年春
三月田道間守至自常世国是常世国則神
仙秘区俗非所臻是以往来之間自経十年豈
期独凌峻瀾更向本土乎
天書 第十六 曰垂仁天皇九十年二月丹馬物上宮西
海有国名常世有神仙之香菓請往求二月朔使
物求之　又曰第八常世国者神仙所栖非俗之験

常陸国風土記曰夫常陸国者所謂水陸
之府蔵物産之膏腴古人云常世之国蓋疑
此地
天香山
伊予国風土記曰伊与郡自郡家以東北在天山
所名天山由者倭在天加具山自天々降時二
分而以片端者天降於倭国以片端者天降於
此土曰謂天山本也其御影敬礼奉久米寺

七ノ三

七ノ三

八咫鏡
私記曰問謂之八咫有何意哉　答未詳但延喜公望私記
云于時戸部藤卿進曰嘗聞或説八咫烏者凡
讀咫為阿多者手之義也一手之廣四寸両
手相加正是八寸也故書傳謂咫為八寸也今云
八咫者是八々六十四寸也蓋其鏡圓数六尺四
寸歟其径二尺一寸三分余也是則今在伊勢
大神也昔神遠人甚遠未詳其實也所説如此

七ノ四

許同之
私問咫者手之義両手相加為八寸今謂八咫
是八々六十四寸鏡之圓数六尺四寸其径二
尺一寸三分余云々而天徳内裏焼亡之時内
侍所神鏡在灰燼之中不焼損云々其径八
寸許頭雖有小瑕専無損之由見御記文然
則径八寸鏡欤八咫之義相違之條疑殆多端又
頭小瑕如何両事欲被露勘如何人

七ノ四

答如御記文者八咫之條代已以相違加八寸ノ之條
若古人之誤歟頗以淺才難決闕旨又云此紀
一書文曰神方用磐戸而出焉此是時以鏡入其
石窟者觸戸小瑕其瑕於今猶存云〻以之思
之今内侍所神鏡者崇神天皇御時更所鑄也
然則本鏡有瑕所摸之新鏡不違本様鑄付
其瑕歟　又問天徳御記ケ鏡頭云〻頭字此カ
シラヒ讀者其義不叶如何
答此説第五巻領

中頭ヒレノ乙ヒ訓之以之葉之鏡頭サミヤノ
ヲヒ可讀也是先師説耳
咫　諸氏反
釋氏曰咫尺近也又行也孫㮣云實遠云八寸
爲咫孫油云説文中婦人手長八寸謂之咫
周尺也鄭注周礼作𠬝今案左氏傳天威不違
遠顔咫尺是也
宋顔曰咫　咫尺實遠云八寸曰咫

七ノ五

七ノ五

唐韻曰咫 諸是反八寸曰咫十寸曰尺

玉篇曰咫 之爾切中婦人手長八寸也

大神宮式曰大神宮船代三具 一具正宮料長七尺三寸内五尺七寸

廣二尺五寸内二尺高二尺一寸　樋代一具 正宮料高二尺一寸深一

内深一尺一尺四寸

尺四寸　内径一尺六寸三分

外径二尺

御記曰天徳四年九月廿四日焚燼温明殿所納

之神霊鏡并大刀契等申、時宣光朝臣来申云

瓦上有鏡一面其鏡径八寸許頭雖有小瑕専

無損円規并蒂等甚分明見之者無不驚感廿

五日又求得焼損鏡一面外記云田畝所立所一所

鏡 件御鏡雖有猛火上而不涌損 即云伊勢御神　一尺寛、無破損、長六寸許

一所鏡 御神云〻 已涌乱破損紀伊国

先師申云天徳圓禄之時件神鏡 内侍所 在

灰燼之中不焼損其鏡径八寸許頭雖有

小瑕専無損之由御記文炳焉然則彼八

咫鏡径八寸欤重案大神宮式樋代一具

七ノ六

（6オ）　（5ウ）

（6ウ）

七ノ六

高二尺一寸深一尺四寸内径一尺六寸二分
外径二尺云々　若就講書之説者内径一尺六寸
其径二尺二寸三分餘難奉納彼御樋代内
可為此儀者八咫之義已以相違旁非無疑
殆迴今案咫字者中婦人手長八寸謂之
咫云々夫天照大神者隠神之代御鏡已
奉為大神之御像也者摸婦人手長奉
鋳之於八寸歟寸法相合御記文之小驗無疑

（7オ）

七ノ七

表乎加八字者八者神道之所尊数也八数
之故歟　大作云此儀尤巧也殊可秘之耳
大作云御記文神鏡小形如何　先師申云
如舊記者本化者以鏡入其石窟者觸之小
形其形於今猶存云々此文即載由化之
一書就之思之象神御容被奉写此神
鏡之時不遠大小鏡鋳付件小形之条於
写明白者歟　大作云鏡之前尾如何

七ノ七

先師申云佛記文頗ミ振若鐃ミ義歟
且以願字讀波志南紀ミ読之

真経津鏡 注文

私記曰
問謂之真経津若有意哉　答真是例文慶
義称也経津是今相寄之義也依問謂以此物（相寄此物）
為布都是其義也言入于鏡此鏡相似相寄天
與大神之御像以敬謂之経津也（謂廿圖廿御叶）
當経之號

私記曰師説以茅纏真矛也以茅著者只遊取柔
白之義歟

俳優

家語曰齊奏宮中之樂俳優侏儒戯于前
列女傳曰夏桀求四方美人積之後宮於俳優
侏儒而為奇偉戯者取之於旁造爛熳之樂（先師云鏁褸）
以天香山之真坂樹為鬘以蘿為手繦（三七ウ　カツラ　参考本二十一也　纏）
古語拾遺曰令天鈿女命以真辟葛為鬘以

七ノ八

七ノ八

蘿為手繦此可兼蘿葛者以竹葉飫憩木葉

為手草今多久佐手持着鐸之矛而於石窟戸

前覆槽古語宇気布禰約誓之意挙庭燎巧作俳優

相与歌舞

又曰凡鎮魂之儀者天鈿女命之遺跡然則

御巫之職応任旧氏而今所選不論他氏所

遺九也

火処焼

私記曰此皆日神深隠天下常闇故挙燎

諸之火処焼也此火者八処燎之不云火燎

加処焼者将明其有八処耳

覆槽置宇介布世布美止々呂可之或説宇介布世

私記曰問此覆槽之義如何　答覆置槽舟登其

上合之蹈響有声也必殊書者其音意未詳

又問今安此字何以加蹈鳴之辞哉　答古事

記云於天之石屋戸伏汙気而蹈登杼呂許

七ノ九

七ノ九

志矣今既云靈𩂚精盡標其聲以欲遠之哥古哀
如讀此辞矣一部之内有此類事既爲便是
先師之説也
天書本曰使天鈿爲師至頭着蘿鬘身着手
蹤是猶靈𩂚精在於扉前

顕神明之憑談
私記曰
問凡云神懸着必有其神託宣今此託宣何神哉
答此与他處爲少異也諸神欲令日神深潜其事

七ノ十

物故俳優衆態万態不可殫記鈿女命假爲他
神有所託宣耳是欲令日神深潜其事故也然則
是假爲之言未必有神所託也

亦以端出之縄 シリクメナハ上キロタ加

縄亦云左縄端出　注文
私記曰
問案云端出之縄注云左縄端出其義如何
絶句
答師説以端出爲絶句言此文端出之縄日字哉

（10オ）　（9ウ）

七ノ十

音作右縄端者於理當然端者之縄上之左
縄端者煩其疊擧故撮直言縄耳邦說以右
縄為絶句以端者属下句者非也
述義公望私記云案師說非或說是也此文云
端出之縄者取本之端者之右縄矣此注欲尓
其本故云縄息云右縄矣若以端者之縄為
右縄端者者何直得獨擧縄乎
問若以端者属下句者當直言斯梨倶梅何更加

七ノ十一

儺波哉以此觀之端者属上句也即端者之縄及
右縄端者兩文共訓斯梨倶梅儺波是不得不爾
其理也　答此守株之甚乎是只欲訓端者為
斯梨倶梅即加儺波兩字耳
公望私記云案一部之内此例甚多下文云瓊
響瑲之及下卷瀰主神等此其例也注只訓瑲
瑲為奴奈等母由良尓若必物此文着瓊
響之字属何諱哉又注連瀰主両字只為伊波賦若

注連

依此而不讀〻字者神名同異義理不通此類
繁多不可委記而師説云諸〻者先師傳〻作
者之誤不可合此可謂擲説耳
大問云端出之縄何物哉　先師申云注連之
本縁也家〻以端出之縄之意也以注連可〻
家〻葉以之可知注連者右縄尓葛乃端於
出志天可縄之葉注文又以炳焉也

七ノ十一

須〻如名於注連顔以家訓云注連章断 師説注連之訓
之度久倍奈波章
太智断之度太智

千座置戸

私記曰
問此何物哉　答師説座者是之置物之名也上言
置積穢物者亦是千處也置〻戸者是積置此千
處之物便爲其戸令罪人出其中矣故云置戸
也是即令罪人出此等物也出物既多數其随
身之物悉皆出畢無物之天〻取數成校嚴哉後

七ノ十二

（12オ）　（11ウ）

七ノ十二

凡令科上中下祓者令其罪人出祓物　意欲此耳

千座置戸

先師申云千座置戸者祓事也今世祈年月次

以条以下供物内四座置八座置者是祓具也

大祓云四座置八座置ヲ及祓具者千座之

義相違如何　先師申云千座者神世之

盤觴積置祓物於千處之故号之千座後代

不必然也解除之道若有吉凶之差歟

七ノ十三

置戸ハ祓物也

者耳

以模彼稱號者四座之置八座置者是四与八

又神道之所載也　重問云吉凶ヲ相其儀

如何　先師申云祓之是非贖其罪之由

哉自然之書之文科罪於素戔嗚尊

而責其祓具是以有手端吉棄物足端

凶棄物又一書云科素戔嗚尊千座置

戸之解除以手端吉棄物以足端

為凶棄物之吉凶分類疑文理

七ノ十三

指禱壽猶攘退災殃是解除之本意

去凶之故道也　重問云秡具人形解縄

散米其心如何　先師申云人形者所

秡
人形坐下
事

請主者為寫尊身之鑑縛枝手足之仍贖其

罪身代之義也号贖物是也解縄者

解謝罪之義也散米者解謝其罪以

米分散之義也

稚日女尊

私記曰

問是何神哉　答當是天照大神之御子兄和繁

先代舊事本紀云此尊者天照太神之妹也云々

先代舊事本紀曰稚日姫尊者天照大神之御妹也

作日矛

私記曰

問今此日矛者是何物哉　答作戈矛之形既

爲日像故如之曰日矛也　問既云爲日神之像而

今作戈矛形然則日神之像豈如矛哉

七ノ十四

七ノ十四

答上云當彼神象者是舉大略耳未入文爲寫其
真形也凡矛者是西神道之所執持也日神猶
有所持其矛故便爲取其平生所持之矛便奉
神像事　日神之像也冑府神者亦是五百御統亦八尺
曲瓊也然則取神明所持之物爲其神像者其類甚多是
又同之耳
日矛事　先師說云鏡作府神所爲玉之由見於古記
然則得其由來爲其神像者也一書曰

舊事本紀採天金山之銅令鑄造日矛此
鏡少不合則紀伊國所坐日前神是也云々
如此文者日矛已鏡也明々案也本情矛之
鑄付鏡爲日像之故稱日矛欤令鑄造
日矛之字鑄日鏡造矛之儀物有二々
條晴以可知欤鑄造日矛此鏡之々付
鏡於矛有何疑哉
兵書　第二　石凝姥者天之神也天糠戸之子也天神發八時鍛號自

七ノ十五

作明魂日矛以奉大神　七ノ　十五

真名鹿

私記曰　問此鹿更加真真名如何　答真真名是褒美之
例也欲示与凡鹿異故云真真名鹿耳猶如天真
名井之類也

羽鞴

私記曰　問是何物哉　答今代鍛師所用吹火者也既
採金銅以作日矛故用吹皮耳謂之羽鞴者以其

扇風相似鳥之羽翼故也

紀伊國所坐日前神之　七ノ　十六

私記曰　問今如此文者紀國大神者是日矛之神也今
代傳云紀國大懸神是名鏡也何其相違哉
答古語拾遺云於是思兼神議令石凝姥神
鑄日像之鏡初度所鑄少不合意是紀伊
國日前神也次度所鑄其状美麗是伊勢大神
也今如此文者石凝姥所鑄既有兩鏡焉有

（16オ）　（15ウ）

七ノ　十六

日矛然則紀伊神宮坐所日矛及鏡歟但此注不言
有鏡又拾遺不見日矛各奉所知不為桐別字
私問此紀一書文以石凝姥為冶工採天香山之
金以作日矛又全剥真名鹿之皮以作天羽鞴
用此奉造之神是則紀伊国日前神也云〻
上文已作日矛下文又以羽鞴奉造之神是何
物哉
答以羽鞴奉造之神是亦可為矛歟已
云作日矛此神若無矛者可注其名而彼是哉

依為矛見歟耄略後歟　又問以羽鞴奉造之神為
日矛可稱日前神者上文之日矛可為何神哉
上文已作日矛訖下文云以羽鞴奉造之神雖不
明其名若是鏡歟然則紀伊国神社有矛鏡之
條不可遠本文歟但案此一書文就思兼神之
議即以石凝姥為冶工採天香山之金作日矛此
已上有欲造其矛之議也又全剥真名鹿之皮作
天羽鞴用此奉造之神云〻已上者是奉造其日矛

七ノ　十七

之作法也以之思之下文不明其名者上文日矛為
同矛非各別之故欤如何　答下文以羽鞴拳造
之神若可為鏡者何不載其字哉同依為日
矛略後文欤於為此儀者上文日矛可在伊勢大
神宮欤是雖無指所見学者之所見伊勢紀伊
両国之神宮並共可有矛鏡之故也又上文之日
矛与下文以羽鞴拳造之神為同矛非各別者
何可加文字哉只採天香山之金全剥真名鹿

七ノ十七

之皮作天羽鞴因此拳造之日矛此可書欤何
煩労文章乎　又問如先答者日神之像於一向可
可如矛而又此紀可書文使天糠戸造鏡是即
伊勢崇秘之大神也先代旧事本紀云鏡造
日造之鏡即是伊勢崇秘之大神所謂八咫
鏡亦名真経津鏡是也古語拾遺云鋳日
像之鏡初度所鋳少不合意是紀伊国日前
神也次度所鋳其状美麗是伊勢大神也云々

七ノ十八

（18オ）（17ウ）

七ノ十八

如此等之文者日神之像可為鏡今代所傳之八咫
周之日輪似圓鏡已模其様豈以為稱日像
哉　答實雖叶理短慮爭決但案舊事本
紀採天金山之銅令鑄造日矛此鏡少不合意
紀伊國所坐日前神是之也如此文者以日矛稱此
鏡（矛鏡）豈為同躰哉若是矛鋒ニ鑄付鏡歟將又
矛鏡並鑄歟又同本紀云授八坂瓊曲玉及八
咫鏡草薙釼三種寶物永為天璽矛玉

七ノ十九

自從拾遺云以八咫鏡及草薙釼二種神寶
授賜皇孫永為天璽矛玉自從云々然則以
日矛劔（副）神鏡歟又本自儀鑄付鏡於矛鋒
謂矛自從歟　又同一書并舊事本紀文以
日矛似稱紀伊國大神然者日前社亘可有日
矛及鏡於伊勢大神宮者雖有鏡可無矛歟
如何　答採天香山之銅初度所鑄之鏡不合意
次度所鑄之鏡美麗也以之奉入天石窟戸

七ノ十九

云々初度鑄鏡之時作日前者次度鑄鏡之時
定同造日前歟爰天祖天照大神所授賜皇孫
尊之三種寶物之中八咫鏡者彼次度所鑄
美麗之神鏡也奉授於皇孫之時帝王自從
之由所見已詳垂仁天皇以後爲神躰奉崇
秘伊勢太神宮然則鏡并相並可在神宮耳
又問奉稱日前御神其義如何　答師説云前度
所鑄日像之鏡也故有日前之号耳

(19ウ)

神名帳曰紀伊國名草郡日前神社 名神大月次相嘗新嘗
國懸神社 名神大月次相嘗新嘗
大同元年太神宮本紀曰御間城入彦五十瓊殖天皇
于時天照大神乃給國伊豆久留上随大神教命求
坐奉上詔皇女豊次比賣命奉戴而從倭内國
始而爲見給云々從此幸行而木乃國奈久佐濱宮

七ノ廿

(20オ)

三鏡事

三年奉其時紀國造進地口御田

大倭本紀曰一書曰天皇之始天降來之時共副護

斎鏡三面子鈴一合也注曰一鏡者天照大神之

御霊名天懸神也一鏡者天照大神之前御霊名

國懸大神今紀伊國名草宮崇敬解多大神也

一鏡及子鈴者天皇御食津神朝夕御食夜護

日護斎奉大神今巻向穴師社坐所解登

大神也

七ノ廿

絡縄

問其意如何　答曰神獨作御田而春時則墳渠

畷畔從至秋時即以絡縄引亘其田自余以往者

是我田也見其實既熟即可欲之意也引亘

絡縄者欲爲其分境之畔也

舉體不平

問若坐蕃上者其身汚穢何故舉體痛痾哉

答凡欲詛人之時必有從蕃其坐若染惡蕃

七ノ廿一

(21オ)　(20ウ)

七ノ廿一

者必有憂病故日神深患所有病苦是古之道
法也今代人之咀人者必有放矢者倣此耳

真坂樹八十玉籤

私記曰　問玉籤者是何物哉　答坂樹也玉者美貴之名也
用此坂樹判立於地爲祭神之木故謂之籤耳
下文野籬籤其義又同

以神祝ゝ之

私記曰　問今如此云八者是謂以神明之祝文而祝申其義曰

道何故更用下文訓釋歟　者如文義
道但古語謂之於知元保佐波保佐之耳今作
者欲示其古訓故更注釋耳

千端吉棄物是端凶棄物

私記曰　問千足吉凶物其義如何　答師說凡解除之
道必有兩種吉凶是也吉解者是招禱吉事也
凶解者即除却凶事兼招吉事也吉解是
貴故用千凡凶解忌賤故用足凡之解除之道

未盡

闕一不可也故兼用吉凶二解也

以唾為白和幣以洟為青和幣

私記曰
問何故以唾以洟為幣是污穢之物也何近
於人情哉　答准之人情尤為近遠然而神
道幽遠難測其意何以不同人情致擬乎

瘡籤

私記
問是何物哉　答是以其籤剗立田中為呪
咀之詞謂之籤様者有施耕其田者身遂
滅亡素戔嗚尊自知此事故為之今世若
有彼此相争之田者為立籤是其意也

素戔嗚尊乞宿於衆神

備後國風土記曰疫隅國社昔北海坐志武搭神
南海神之女子乎与波比尓坐尓日暮彼所蘇民

廿八　七ノ廿三

将來二人在伎兄蘇民将來甚貧窮弟将來
富饒屋倉一百在伎爰搭神借宿處惜而不
借兄蘇民将來借奉即以粟柄爲座以粟
飯尓饗奉奉爲爰畢出坐後尓經年率
八柱子還來天詔久我将奉之爲報答曰汝子
孫其家尓在哉止問給蘇民将來答申久已女
子与斯婦侍止申即詔久以茅輪令着於腰
上随詔令着即夜尓蘇民与女子一人乎置天

廿九

皆悉許呂志保呂保志天伎即詔久吾者速須
佐雄能神也後世尓疫氣在者汝蘇民将來
之子孫止云天以茅輪着腰上詔随詔令着即
夜在人者将免止詔伎
先師申云此則祇園社本緣也
大御云祇園社三所者何神哉　先師申云
如此國記者武塔天神者素戔烏尊少将
井者号本御前奇稲田姫歟南海神之女

（24オ）　（23ウ）

子今御前也
重問云祇園号異国神不然乎　先師申云
素戔烏尊初到新羅帰日本之趣見
當記就之有異国神之説欤祇園者行
疫神武塔天神御名也云々不知也而吾者
速須佐雄能神也云々　素戔烏尊亦名
速素戔烏尊神素戔烏尊之由見此
紀仍所可取信者也御靈會之時於四條
京極奉備粟御飯之由傳来是蘇民
将来之因縁也又祇園神殿下有通龍
宮穴云々由古来申傳之北海神通南海
神女子之儀符合也

脚摩乳　手摩乳
古事記曰故其老夫答言僕者国神大山津
見神之子僕名謂足名椎妻名謂手名
椎女名謂櫛名田比賣

平十七上　七ノ廿五

醸八醞酒
私記曰
問謂之八塩折酒有何意哉　答或説一度
醸熟絞取其汁弁其糟更用其酒為汁又
更醸之如此八度是為純醋之酒也謂之塩者
以其汁八度絞返故也今世亦謂一度便為一
塩也謂之折者以其八度折返故也是古老之
説也而先師不用此説酒二日二夜向熟耳

假庪

庪　玉篇云居毀切閣也亦祭山曰庪縣
兼方案之假庪也今世棧敷歟スドシト云者通

赤酸醤
私記曰
問是何物哉　答其色如赤血也其目羅艶猶
如赤血也故云赤血便假之云赤酸醤也是今保
ゝ都岐者也其色甚艶並故假為之其本意是
赤血也
順和名抄曰酸醤　兼名苑云酸醤一名洛神珠　和名保々都岐

平十廿上

七ノ廿六

寸斬
私記曰問就此虵斬爲八段即毎段成雷飛爲
八雷飛躍昇天是神異之甚也

草薙釼
礼記第五曰草薙謂迫地芟草也
景行天皇紀曰四十年冬十月日本武尊發路之
戊午枉道拜伊勢神宮仍辭于倭姫命曰今
被天皇之命而東征將誅諸叛者故辭之
於是倭姫命取草薙釼授日本武尊曰愼
之莫怠也是歳日本武尊初至駿河云々
入野中而覓獸賊放火燒其野王知被欺則
以燧出火之向燒而得免一云王所佩釼藂雲自抽之薙攘王之傍
草得免故號其釼曰草薙也云々初日本武尊所佩草薙横
刀是今在尾張國年魚市郡熱田社
天智天皇紀曰七年是歳沙門道行盜草薙
釼逃向新羅而中路風雨荒迷而歸

廿八丈　七ノ廿七

天武天皇紀云朱鳥元年六月卜天皇病祟
草薙劔即日送置于尾張國熱田社
神名帳曰尾張國愛智郡熱田神社　名神大
尾張國風土記曰熱田社者昔日本武命巡
歷東國還時娶尾張連等遠祖宮酢媛
命宿於其家夜頭向厠以隨身劔掛於桑
木遺之入殿乃驚更往取之劔有光如神不把
得之即謂宮酢媛曰此劔神氣宜奉祢之為

吾形影因以立社由郷為名也
先師説云熱田社者日本武尊留其形影天叢
雲劔為此神體可謂日本武尊靈跡者
中春条　宮主本
稻田宮主神
先師申云今世天子所宮主職者此濫觴也
播向云當時宮主若非稻田宮主神之苗裔欤
大作云是家異為尊況宮首賜宮主之号凡宮
職之濫觴也然亦不可為彼神之苗裔者史凡奉

廿七

平本大　七ノ廿八

善悪不二　二邪正　一如之
義。是神者雖似悪神於日本国事、悉皆醜大
勝起自此神、故善悪不二邪正一如之謂殊勝
事也

於奇御戸為起（クシミトニツクリテ）

私記曰
問奇戸之義如何　答奇戸猶怨処也言怨起（怨）
立相与遘会也

衆菓（モロヽノコノミ）

私記曰
問何故必用菓醸（カム）酒哉　答是取集悪味毒菓

而醸之、以其酔人尤甚之故也

麁正（アラマサ）　阿良万佐

私記曰
問此剱斬蛇之後、得麁正之号、若（若）名有所見哉
答未詳

在石上也（アリイソノカンミヤニ）

神名帳曰、大和国山辺郡石上坐布都御魂神社　名神大月次相嘗新嘗
兼方案之、俗号布留社是也　先師
先師説云、石上社者麻嶋祠言同時也

中本有之

（29ウ）

蛇韓鋤之剱
私記曰
問韓鋤之意如何　答其形似鋤故名之鋤今世之須波也
先師説云加良須波歟
素戔嗚尊斬蛇之剱今在吉備神部許〔或本吉備作寸 鐵案義同也〕
私記曰
問是何神許哉　答未知其為何神也
問下文云出雲簸之川上山是也今如此文者
簸神部者是可在出雲川上也案吉備与出雲

七ノ廿九

（30オ）

其國名異也今得云相近歟　答未通者也
曽尸茂梨之處
私記曰
問此處其意如何　答師説遠蕃之地未詳其委曲也元慶講書之時〔勘解由次官惟良宿祢高尚〕惟良大夫標點云此處者若今蘇之保留處歟師説云此説甚可驚云云堀河殿下〔昭宣公〕咲之其後公卿大夫莫不為口實也
天蠅斫之剱
私記曰
問蠅斫之号其義如何　答師説此剱[illegible]

亡利刃也若居兵刃上者忽其蠅自斫此蠅鋒
之甚也
將臥之具
私記曰
問是何用哉　答是作棺也死人臥作故云將
臥耳

五十猛命
神名帳曰紀伊國名草郡伊太祁曽神社　名神大月次相嘗新嘗
大屋都比賣神社　名神大月次新嘗　都麻都比賣神社　名神大月次新嘗

（30ウ）

舊事本紀曰五十猛神　亦云大屋彦神　次大屋津姫神
次抓津姫神
已上三柱並坐紀伊國則紀伊國造斎祀神也
先師説曰伊太祁曽神者五十猛神也

昆虫之災異
私記曰
問此等災異焉何哉　答此等之類甚多近
則蝗虫害苗之類也

少彦名命適於常世郷矣
伯耆國風土記曰相見郡々家西北有餘戸

（31オ）

里有粟嶋少日子命〃時粟茎〃實離之所載
粟嶋彈渡常世国故云粟嶋也

幸魂奇魂

私記曰
問其義如何　答幸魂是左支久阿良之元當
魂也行吉者是久延之意也奇魂者城衛之
義也言此奇魂守衛宮門之魂也
私案五行大義曰死有魂氣登天爲上神魄氣下
降爲鬼云〃今〃奇幸魂者是魂神也奇魂者

是魄鬼也以逃謂之奇魂者用魄字之瑕可叶
本義歟文章者行之義奇者久之〃義歟

大三輪之神

神名帳曰大和国城上郡大神大物主神社　名神大　月次　相嘗　新嘗
兼方案之倭云三輪社是也
古事記上巻曰此謂意富多〃泥古人所以知神子
者上所云活玉依毗賣其容姿端正於是有壮
夫其形姿威儀於時無比夜半之時儵忽到

來歎相感共婚供住之間未經幾時其美人妊身
爾父母恠其妊身之事問其女曰汝者自妊
無夫何由妊身乎答曰有麗美壮夫不知其
姓名毎夕到來供住之間自然懐妊是以其父
母欲知其人誨其女曰以赤土散床前以閇蘇
紡麻貫針刺其衣襴故如教而旦時見
者所着針麻者自戸之鉤穴控通而出唯遺麻
者三勾耳爾即知自鉤穴出之状而從糸尋行

者至美和山而留神社故知其神子故因其麻
之三勾遺而名其地謂美和也

白蘞皮

古事記上巻曰自波穂乗天之羅摩船而内剥
鵝皮剥爲衣服有歸來神云々此者神産巣
日神之御子少名毗古那神

鷦鷯

文選曰鷦鷯小鳥也生於蒿萊之間長於藩籬

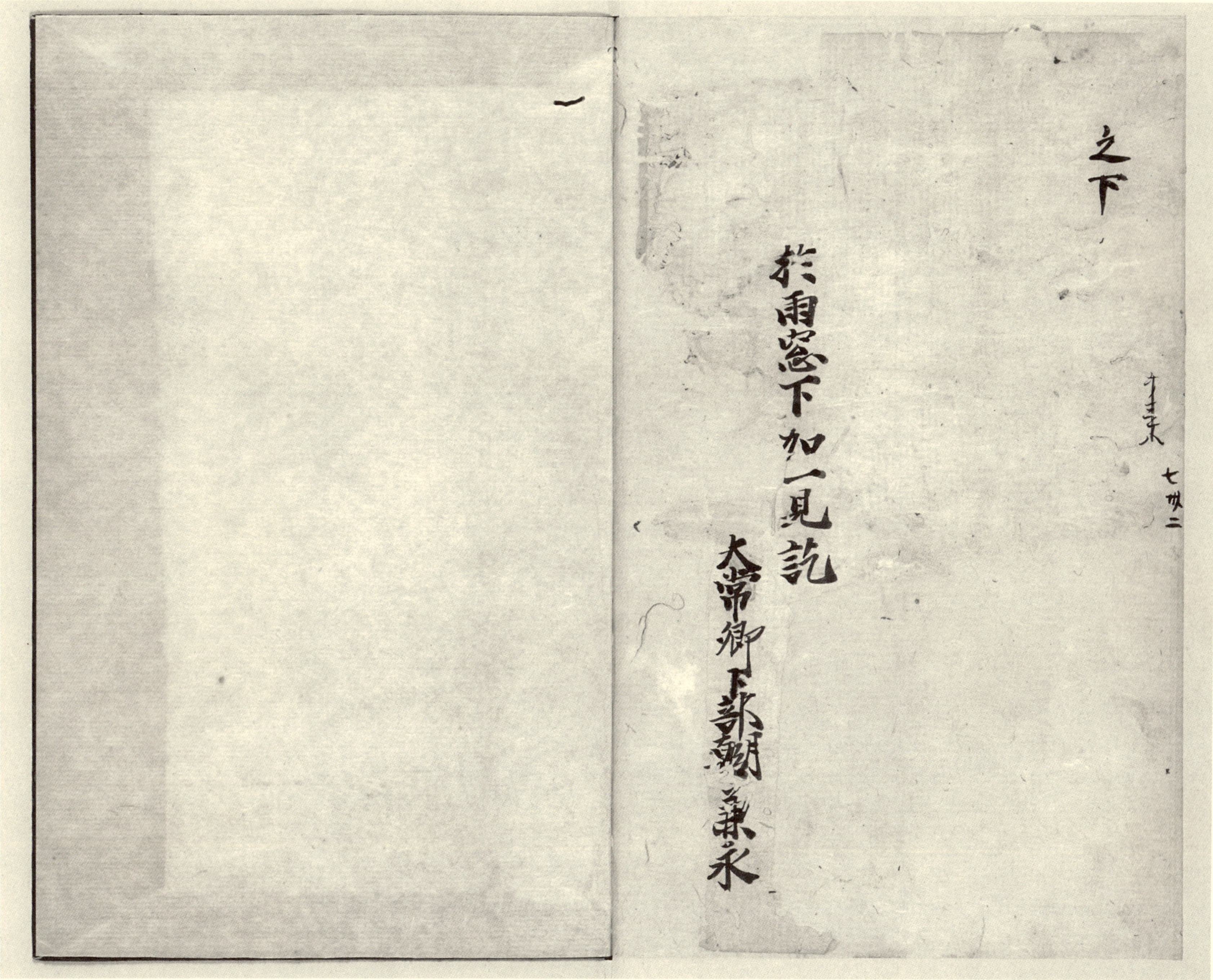

（33ウ）

巻七　裏表紙

巻八

述義四

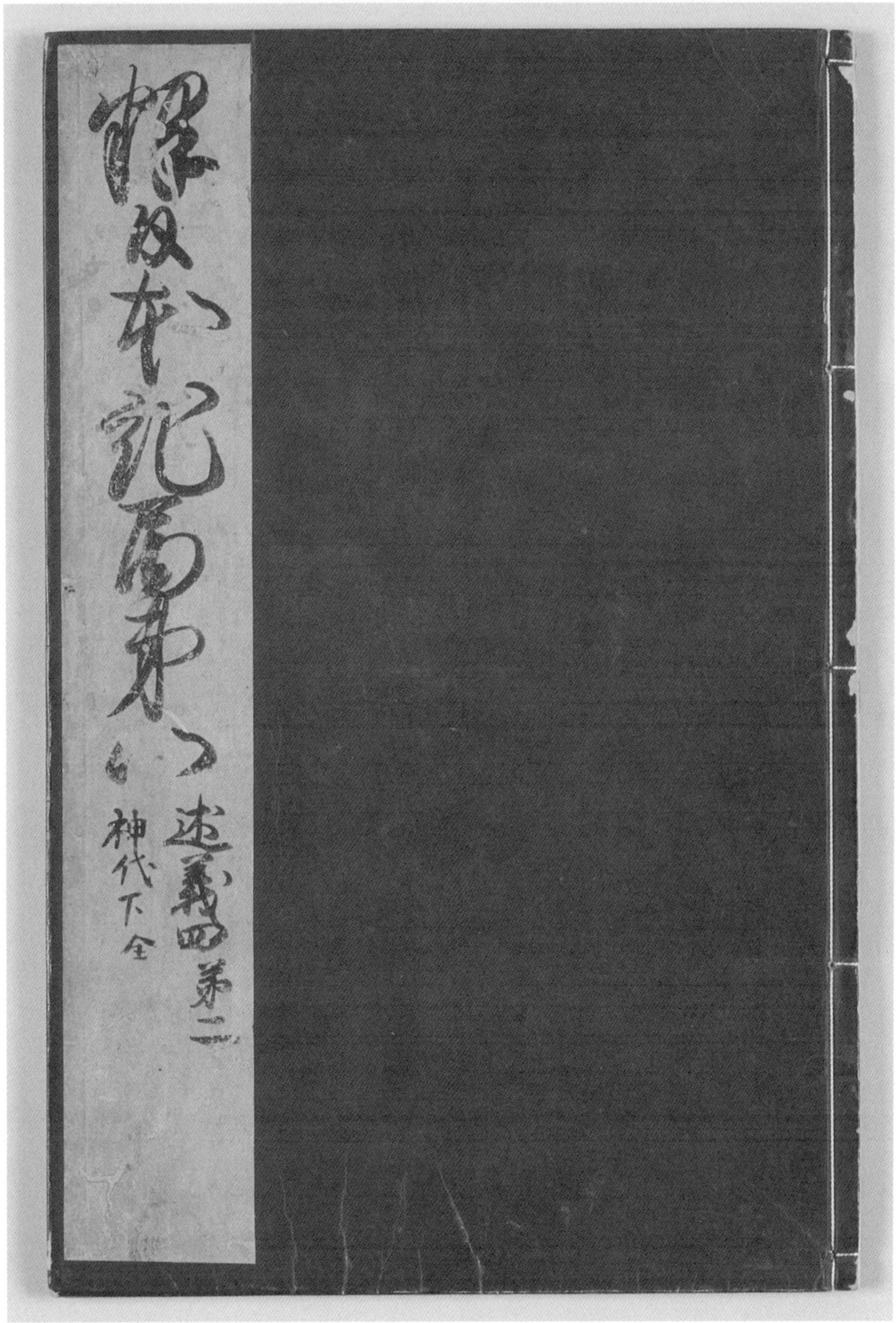
述義四第二
神代下全

釈日本紀巻第八

述義四　第二

第二

正哉吾勝々速日天忍穂耳尊

火作云神代三陵 天津彦々火瓊々杵尊 彦火々出見尊 彦波瀲武鸕鷀草不葺合尊 者在日向國之由見諸陵寮式天忍穂耳尊者無山陵歟如何　先師申云天照大神始授三種寶物於天忍穂耳尊将奉降之間皇孫尊 火瓊々杵尊

（1オ）

八ノ二

木幡社事

已生仍以此皇孫代親奉降之然則於天忍穂耳尊者遂不降此国仍無山陵歟但如神名帳者山城国宇治郡許波多神社三座者勘風土記曰宇治郡木幡社祇社名天忍穂根命尊之

神代上一書曰正哉吾勝々速日天忍骨命尊骨与穂根者漢字和字同訓也夫然忍穂耳尊雖留神社不見山陵者也　重作云木幡社可謂宗廟歟尊崇可異他乎当時見在歟

（１ウ）

八ノ三

先師申云本縁自昔若無存知之人也如風土記者宗廟之神尊崇可異他也於長者諸祭興行之時当社祈年月次祭幣帛神主請取之由載本官史生蔵状当時見在也

神名帳曰山城国宇治郡許波多神社三座並大月次新嘗

山城国風土記曰宇治郡木幡社祇社名天忍穂長根命

（２オ）

八ノ四

螢火光神

師説曰以神之威光爲螢火之光者也

蝿聲邪神

私記曰問此神名如何　答案下一書文如五月

蝿而沸騰之五月蝿三字之訓七八乎上讀之

今此蝿聲同點也言葦原中國惡神充滿

如五月之蝿衆多之意也

草木咸能言語

備問云草木言語何故不被機乎哉　先師

申云草祖草野姫木祖句々廼馳如此之類

神稱邪心對天命之義也石木草葉言

語者猶不可爲事障歟非常草木皆情

成佛道之理顯然云々

草木言語歟佛道

天國玉

八ノ五

八ノ六

天書第二曰天國玉者天之掌玉神也爲人劣和
其志如海恵及鳥神家留財仏具之之常權掌
務玉是謂天國玉

天麻兒弓　天羽々矢

私記曰問此弓矢其體如何　答其義未詳但
或説云採天香山之扼木造弓故謂之天鹿
兒弓且此巻下一書文所謂未目都遠祖天

（3ウ）

八ノ七

櫨津大来目牛捉天梔弓天羽々矢是也謂
羽々矢者以鳥羽破久矢也加重點者言其多
之矢衆多之又矢者以弓射遣之義也
天書第二曰乃授麻兒羽々日此弓箭天之秘
寶也可以隨身令人軍功對敵臨戰時三
呼其名而射之無不一當百矣

顯國玉

（4オ）

八ノ八

先師説云大己貴神一名也

古事記上曰大穴牟遅神亦名謂宇都志國玉神

下照姫

神名帳曰攝津國東生郡比賣許曾神社 名神大 月次 相嘗 新嘗

延喜四時祭式曰十一月相嘗祭神

七十一座之下照比賣社一座 亦号比賣許曾社

無名雉 古事記雉名鳴女

私記曰問此号如何　答無名之義未詳

天書曰 第二 曰無名雉者天之後箇神也為人清

潔少好五歌霊皇帝常侍左右歌鳴遊

舞帝惟度久不来使雉候之雉飛下中

國坐度門前湯津杜樹鳴曰雉度何故来

遅遂為天探女被害於雉度執令不得

又無可名故曰無名雉

又作云無名之義如何　先師申云為天雉度

被射殺遂無可名之由也　今案作云雉名尓無

八ノ九

八ノ十

名雉ト云付名ト云義モ侍ル　先師申云如
天書者假無使蔑々明名号々無名雉ト見
也

湯津杜木

私記曰推良大史同云杜當作桂字之誤欤師
説不許　安案私記云葉先代舊事本紀第
三々居於天稚彦門前湯津楓木之杪之
楓之杜与桂相近可爲誤也加之杜字尤無

古事記同用楓字

加津良之訓也

潔齋

先師申云湯者潔齋之義津者休字如
湯津爪櫛者義理相合杜木加湯津木
詳欤

八ノ十一

遠疾風與牟尸

舊事本紀第五曰饒速日尊既神損去高
皇産霊尊詔速飄神曰我御子饒速日

八ノ十二

尋所使於葦原中國而有疑恠思之耶故
汝能降可復白矣速飄命以命將上於天
上處其神屍骸日七夜七以爲遊樂哀泣哭
於天上既竟矣
兼方案之疾風者速飄（ハヤチノカミ）神也

持傾頭者
私記曰問是何物哉　答師說葬送之時載
死者食乞行之人也

造綿者
私記曰問是又何物哉　答師說謂令以綿
漬水沐浴於死者之人耳

宍人
私記曰問此何人哉　答師說包丁之類也

鴗
玉篇云力及切天狗也亦名水狗
文選集注曰鴗小鳥也色青翠而食魚江東呼爲水狗
似雀小鳥青色也一名水狗又天狗
兼名苑云真[illegible]

八ノ十三

八ノ十七

大葉刈剣　亦名神戸剣

私記曰、問、此剣名其義如何。又今在何所乎。

答、此剣号未詳。味耜高彦根神所帯之剣

也。蓋今在大和国高鴨社歟。

熊野諸手船　亦名天鳩船　天鳥船見下

伊豫国風土記曰、野間郡熊野岑所名熊野

由者、昔時熊野止云船設此、至今石成在。因

謂熊野本也。

(7ウ)

播磨国風土記曰、明石駅家駒手御井者、難

波高津宮天皇之御世、楠生於吉、朝日蔭淡

路嶋、夕日蔭大倭嶋根。仍伐其楠造舟、其迅

如飛、一檝去越七浪。仍号速鳥。於是朝夕乗

此舟、為供御食、汲此井水。一旦不堪御食之時、

故作歌而止。唱曰、住吉之大倉向而飛者許

曽速鳥云目、何速鳥

八ノ十八

(8オ)

八ノ十六

兼方案之鵜鵝者速鳥之義速迅之謂也

八重蒼柴籬

兼方案之八重者例文神道之愛數如謂八重雲蒼柴籬者只海中之居也舊事本紀曰青柴垣

廣矛

私記曰問大己貴神曰吾以此矛卒有治功天孫若用此矛治國者必當平安之此矛今在何處哉　答雖為三種寳物之外此矛有治國之名已奉獻天孫定傳之後棄哉然為所在不詳但以此神誓上古多納石上神宮若今彼神宮歟

百不足之八十隈

古事記中曰天皇既頻詔倭建命言向和平東方十二道之荒夫流神及摩都樓波奴人等之遣之時給比々羅木之八尋矛

次同云此何處哉　先師申云大己貴神隱去之

八ノ十七

八ノ十八

地之令之杵築神宮欲百不足者厥言八十
之義語之

倭文神

大問云此神在何處哉　先師申云坐常陸國依
之諸祭幣物内倭文者常陸國所済也
宣同云倭文其形躰如何　先師申云古語拾
遺文布之号綾布之類大達久諸祭具

行之時大嘗者年預中臣有青筋文之布也

真床追衾

私記曰問此衾之名其義如何　答衾者卧床之
時覆之物也真者褒美之辞也故謂真床追
衾一書文追字作覆訓讀相通之故並用今
世大神宮以下諸社神躰奉覆御衾是其
縁耳

八ノ十九

八ノ七

天書第二曰是後以天杵尊爲中國王賜玄龍車

追眞床之縁錦衾八尺八流火鏡赤玉鈴薙

草釼

天磐座

大問云此座如何　先師申云天者天上之儀磐

座者寄祝言者也

天八重雲

大問云此雲如何　先師申云假令擬之數重之雲

路天降之心也殊稱之八重者是八者神道所

愛之數也

稜威之道別

大問云此意如何　先師申云稜威者可畏之義

見上卷八重雲路可畏之道此別降之心也

日向襲之高千穂峯

八ノ九一

八ノ九二

風土記

槵日二上天浮橋
大問云、此等處其号如何。先師申云、日向國臼杵
郡内知鋪郷槵之高千穂二上峯之也。見當
國風土記。千穂二上、雖似各別、同處異名也。号千
穂者、皇孫天降於高千穂二上峯之時、天暗
晝夜不別。人物失道、而有人奏言、皇孫以尊
御手、抜稲千穂為籾、投散四方、必得開晴云々。
仍奏投散、即天開晴、日月照光。因日高千穂

八ノ九三

二上峯。後人改号智鋪之也。載風土記矣。槵觸
字、着山、觸重之義也。高字着峯、高峙之心也。槵
日者、彼天降之時、日月晴曚、是奇異之義也
奇異、日本紀之讀並訓、以久志
然則槵者奇之心也
二上之号未詳歟。天浮
橋者、天降之道、渡橋之義也。今世所行葬之時浮
橋可象此歟
橋。問云、渡浮橋而天降者、天地相近歟。　右金吾作　大府云實家之
云、伊奘諾・伊奘冉尊生日神、以天柱擧於天上之時、

(12オ)　(11ウ)

天地相去未遠之由見上巻耳
先師申云古天高一丈地厚一丈以此萬八千歳天數極
高地數極深故天去地九萬里云々　都督申云陰
陽二神化生者大八洲之中多大國號為日向國
者小國也皇孫雖天降九州之中何不降大國哉

皇小至
大作云日小至大有何難哉
先師退案云纏向日代宮御宇大足彦天皇
謂左右曰此國地形直向扶桑宜号日向也云々

天照大神者大日霊貴也豊秋津嶋者天
日之本國也日州直以向于日天孫宜初降
此國云給云々　此有由有縁者乎
日向國風土記曰臼杵郡内知鋪郷天津彦火瓊々
杵尊天降於日向之高千穂二上峯時天暗冥
晝夜不別人物失道物色難別於茲有土蜘蛛名
曰大鉗小鉗二人奏言皇孫尊以尊御手抜稲千
穂為籾投散四方必得開晴于時如大鉗等所奏

八ノ十六

槵千穂稲爲籾投散即天開晴日月照光曰白
高千穂二上峯後人改号智鋪
景行天皇紀曰十七年春三月幸子湯縣遊于
丹裳小野時東望之謂左右曰是國也直向於日
出方故号其國曰日向也
日向國風土記曰纏向日代宮御宇大足彦天皇之
世幸兒湯之郡遊於丹裳之小野謂左右曰此
國地形直向扶桑宜号日向也

（13ウ）

立於浮渚在平處
大問云此何處哉　先師申云此者非別所欲皇
孫已天降千穂二上峯自其處遊行之状立於浮
渚在平處而脊完之空國自頓丘覓國行去
者也然則其行路之間立浮渚平安處之心也
渚
玉篇云之與切　水出中丘縣逢山
又小洲也

八ノ廿七

（14オ）

八ノ廿八

膂宍之空國（ソシシノムナクニ）

大問云此國何國哉　先師申云伊奘天皇欲討熊
襲國之時有神託宣曰熊襲國者膂宍之空
國也能茲國有金銀寶國 新羅國 云々 然則膂
宍之空國者熊襲國之号也 欲将忽下國之惣
熊襲ハ
名欲熊襲國者為佐渡嶋一名之由見舊事
國中
本紀耳々

八ノ七九

頓丘（ヒタヲ）

毛詩第三曰丘一成（セル）為頓丘（ト）
兼方案之頓ハ早也早ハ嶮之言嶮畏

吾田長屋笠狭之碕（アタノナカヤノカササノミサキ）
兼方案之處名也

葬筑紫日向可愛之山陵

八ノ三十

諸陵寮式曰日向埃山陵　天津彦々火瓊々杵尊　在日向國无陵戸　日
向高屋山上陵　彦火々出見尊在日向國无陵戸　日向吾平山上陵　彦波瀲武
鸕鷀草葺不合尊　在日向國无陵戸　已上神代三陵於山城國葛野郡
田邑陵南原祭之其兆域東西一町南北一町

殘賊強暴横惡之神
私記曰問此四字訓讀其義如何　答

天真麻兒矢
大問云天麻兒弓者以天香山梔木令造之故有此
号々々麻兒矢其名如何　先師申云就梔弓之
名答迺令乗此矢若以天香山之篁作之歟

不須也頗傾西月杵之國歟
先師説曰頗傾者偏頗之義也

葦原千五百秋之瑞穂國

八ノ三十一

（16オ）　（15ウ）

八ノ三十二

大問云千五百秋者是指年代之春秋歟將當時節之春秋如何　先師申云年代之春秋國家之祝言歟　重問云以瑞穂葉之君當時節之春秋歟可為年代之春秋者何不加春字加春字者又瑞穂之号可相違歟　先師申云就瑞穂義雖寄時節之春秋是又年代之春秋國家之祝言也可有義理歟

先師退案云今此文者天照大神授三種寶物於皇孫天津彦〻火瓊〻杵尊奉天降之時　勅宣也彼皇孫天降日向高千穂二上峯之時節是秋也（皇孫以瑞手抜千穂之故号千穂峯之由見上就之思之天降時節秋也尤可秘蔵事也）然則時節春秋之瑞向尤相合義理殆令得神通給歟仍不可取信事也

寶祚之隆當與天壌無窮者矣

大問云據此文者不可限百王鎮護歟　先師

八ノ三十三

大倭紀天地々紀云百王者子々孫々千々万々

由ㇾ云百王者唯上蔵之衆多ㇾ故且百王鎮護之
詞不載日本紀此大倭本紀初天地本紀然文
者子々孫々千々万々々々宣作云百王者誠
載之衆多也太神宮長元御託宣雖有奇
之詞書紀文ヵ可信受者也

鼻長七咫

大作云七咫者謂五尺六寸歟以外之長鼻也土舞之
面者象此神面也

一書曰猿田彦長鼻七咫背七尋眼径八尺瞳赤如
酸醤尻並赤之遍身生毛

天日隅宮

私記曰問此何處哉　答出雲國杵築社是也
貴神也其社之制作高大也世号之出雲大社已
叶此紀一書文以之案之以杵築社称日隅宮歟
又同日隅宮者是伊奘諾尊留宅近江國犬上郡
多賀之宮也以其在東此隅謂之日隅宮然者以

八ノ三十六

杵築社豈稱日隅宮哉 或說云大己貴与日吉神
同躰云々 今近江國志賀郡比叡山依爲東北方若
同稱日隅宮歟 答 近江國多賀宮稱日隅宮於出
雲國杵築社又稱日隅宮者 師說云 日者火也 火
者午也 午者江南方爲正位 因茲夏至五月之時
日出寅方入戌方 是王氣正位之時節也 所以之葉之
多賀宮在艮者日出方之隅也 杵築社在乾者日
入方之隅也 仍共得此号 今於此處加天字 是乾爲

比叡ホ

松尾
日吉
神

天之故号天日隅宮 又大己貴神与日吉神同躰之
條見何書哉 如先代舊事本紀文者 大己貴神之
弟大年神之子大山咋神 此神者坐淡海之比叡
山 又坐葛野郡松尾 用鳴鏑之神也云々 然則松
尾与日吉同躰也 大己貴与日吉不可謂同躰歟
又同近江多賀宮者 即此書所謂日之少宮之一名
也 依當東北隅 後代謂之日隅宮 更非神代之号
而此天日隅宮者 神代高皇産靈尊在于天上 以

八ノ三七

八ノ三十八

武甕槌経津主二神初大己貴神之詞也於天上以出雲国定乾方之條野郡疑殆如何　答陰陽二神生大八洲之時宛初生大日本豊秋津洲此今大倭国者日本之中洲也於則雖神代以大倭国為中国仍雲州依當西北之隅定其乾方者耳

大和国
本

出雲国風土記曰意宇郡楯縫郷郡家西北卅二里一百八十歩布都怒志命之　天石楯置給故云楯縫

天石楯

大社劉家作

出雲国風土記曰楯縫郡所以号楯縫者神魂命詔吾十足天日栖宮之縦横御量千尋栲紲持而百結八十結々下而此天御量持而所造天下大神之宮造奉詔而御子天御鳥命楯部為而天降給之尓時退下来坐而大神宮御装束楯造始給所是也仍至今楯桙造而奉於皇神等故云楯縫

天津神籬

八ノ三十九

（20オ）　（19ウ）

八ノ卅九

私記曰問何物哉　答謂令神衍祠狩ヘ　又問此謂比

毋呂支其義如何　答未詳

先師説云謂之比毋呂支者蓋賢木之号歟

齋庭

大問云以齋訓湯如何　先師申云湯者潔斎之義

也以大嘗會申貴以蓋此謂之

天甜酒

私記曰問是何酒哉　答美酒也

陸詞曰醰音潭酒味長也

頭槌釼

私記曰問此何釼乎　答未詳

新鉤鐵一箕

大問云以鉤鐵箕之条若有子細哉

先師申云無指所見又無師傳乎

重作云器物多之中鐵箕之条定有子細歟

海神

八ノ四十

八ノ四十二

上一巻一書曰然後伊弉諾尊曰我所生之國云云文
生海神等号小童命

雉
玉篇云直理切野鶏也又城高一丈三尺為雉又陳

堞
堞同字也
玉篇云徒頬切城上女墻也　左氏傳云隳城傅於

堞

八重席薦
私記曰問此何物乎　答今新嘗祭神今食
神態之時神座八重疊横之者也

萬幡姫
山城國風土記曰久世郡水渡社　祇社　名天照高
弥牟須比命和多都弥豊玉比売命
山城國久世郡水度神社三座

八ノ四十三

（22オ）　（21ウ）

(22ウ)

八ノ四十二

先師案云神名帳云三座也風土記天照高御
魂　海神豊玉姫命三神尤有由緒者也

潮滿瓊及潮涸瓊

大問云此滿瓊涸瓊二種在何處哉　先師
或人云元暦之比宇佐宮遊行之時本宮注文滿
瓊涸瓊二種在當宮之由注進之然則留宇佐
宮歟　重作云神功皇后征伐三韓之時
新羅海潮滿被宮庭若令持此瓊瓊欤如何

(23オ)

宇佐宮事　三所鎮也

先師申云宇佐宮者應神天皇姫神大帶姫
神功皇后　三所鎮坐也二種瓊已在當宮皇后
征伐三韓之時就新羅海潮滿宮庭思之定令
持此瓊瓊欤然而無憖所見几神功皇后者得
如意寶珠於海中之由見彼皇后紀耳

豊玉姫産化爲龍　一書文　化爲大鰐　一書文

都督申云豊玉姫者海神龍女也産生之時化爲
本躰之龍正書之　故化之可然化爲鰐之由一

八ノ四十七

八ノ四十六

蕃之説頗以不得其意歟
左金吾仲云化爲鰐之条就芳説畳一書歟但
海中眞鰐雖化何物施不可有難歟　先師
申云白龍之眞形已懸豫且之密網読之化眞
本地垂迹
有何疑哉況名垂迹神明之本地大日釋迦観
ト申者歟
音地蔵弥勒佛菩薩之類或依和光之垂跡
今案者云
能化不同或随衆生之機縁所變非一更然豈
ゑ云事
義也
玉姫化龍化鰐叶一義叶理者歟或一書化爲

熊鰐之之別合兩字訓鰐加熊字者是表
産生之平安歟
鸕鷀羽
尤問云以此鳥羽葺産屋有由緒哉如何
先師申云無慥所見但廻今案鸕口喉廣飲
入魚又吐出之容易之鳥也是以象産生平安
令葺此羽於産屋者歟以産屋稱鵜葺草者以
此鵜羽令葺之本縁也

八ノ四十七

(24オ)　(23ウ)

八ノ丁十八

鰭廣鰭狹

私記曰問此何物哉　答大小魚類也　大問云
此何物哉　先師申云大魚小魚也鰭魚背上
鬣也神祇式祝詞鰭廣鰭狹供神物内大小
魚鰭之類哉之

口女魚

大問云此何魚哉　先師申云口女者鯔（ナヨシ）魚之由
見イトイ一書耳

都督　一云依吞神鉤鯔魚不進御者赤女ニ名
吞件鉤者二説也以鯛（タヒヲ）何進御（オホンモノニ）哉
先師申云如此之事ノ説ゝ不同定習也二ニ書一
説彼是相異而已
大問云鯛者如神ノ膳備之故如何　先師申云新
嘗會神今食神膳内ニテ鯛魚備之
構問云鯔魚雖吞鉤何不進御哉
大保云生ハ鉤皇孫愁吟以此因縁不進御也有

廿九

謂歟
構重作云皇孫一旦雖愁吟行海神之宮遂
得彼釣針得二種寶珠以火蘭命為隼人
其鹽鶴以鰡魚殊可随御歟然者此師疑申
於鯛者雖呑釣無不可随御之誠已正書之説也
鰡魚有此誠一書之説猶不叶理致歟
大作云雖一旦奉惱之正書一書其説雖異鰡魚
不進御　尚非無其謂乎

俊手
私記曰問俊手有意哉　答師説今世獻物之
時必以俊手之

狗人
私記曰問依何義名之哉　答以身爲狗声卑
下奉仕之謂也

海驢皮
大問云此何物乎　先師申云　驢者海馬之

（26オ）　（25ウ）

驢 ハノクニ
玉篇云力余切似馬長耳也
推古天皇紀云七年秋九月百済貢駱駝一疋驢一疋羊二頭白雉一隻

饌百机 モトナツクヘモノ
大問云此机實百机歟將又表負戴之衆多歟先師申云無慥不見為樣共不可相背歟為設饌百机以盡主人之礼之云事也儀亜居饌机為
此目歟

（26ウ）

踉蹡 私云ツトル
玉篇云欹行貌

瘻駭 ウルケ
玉篇云瘻不恵之駭也　午駭切馬行也又無知也

湯坐 ユヘヒト
同云騃
私記曰問此何物哉　答師説生或作人是謂湯人
ハノ廿三

（27オ）

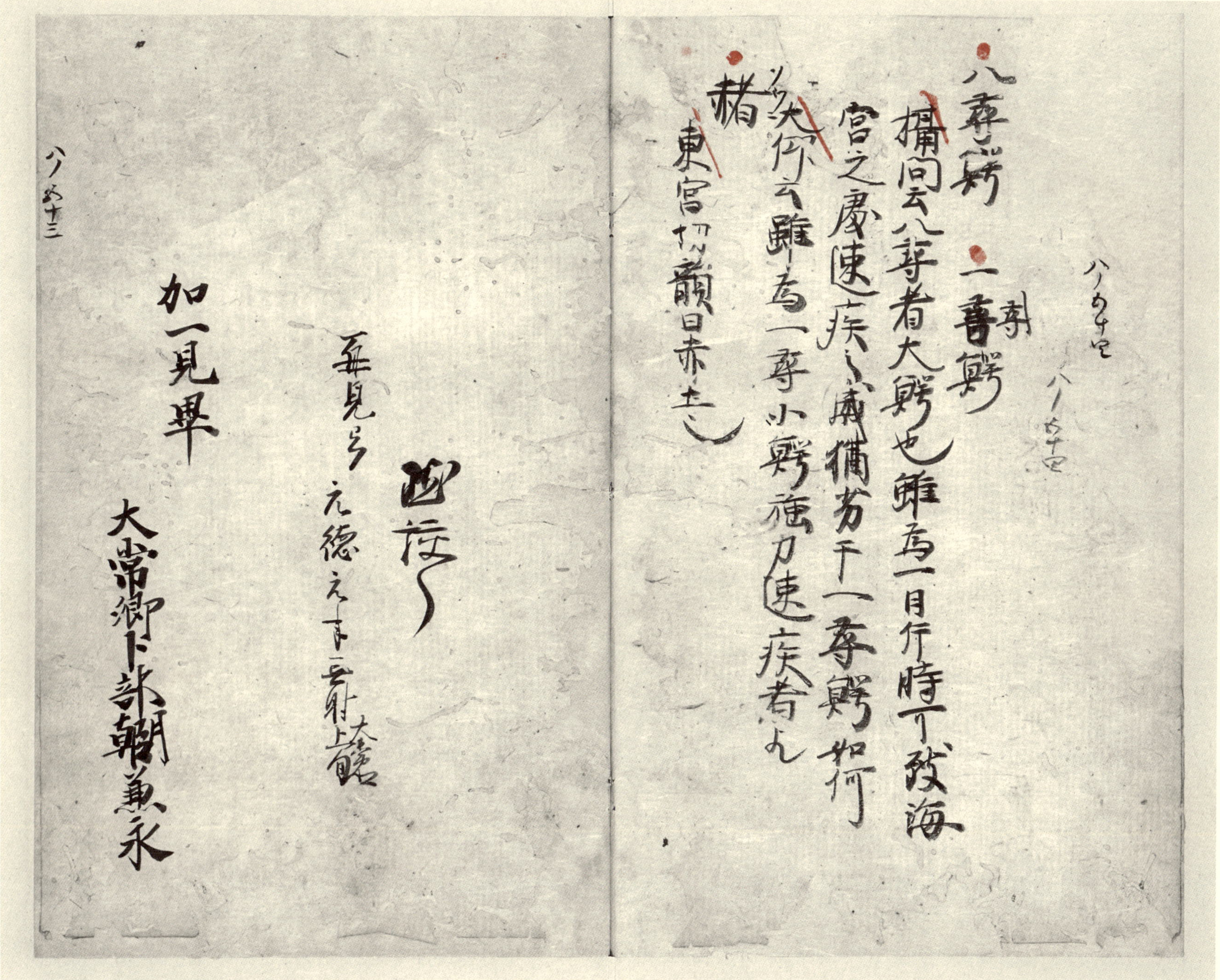

八尋鰐　一尋鰐

稱問云八尋者大鰐也雖為一月行時可渡海

宮之處速疾之威備若干一尋鰐如何

決答云雖為一尋小鰐施力速疾者也

赭

東宮切韻曰赤土也

以後

無見矣　元徳元年十二月三日　大膳上

加一見畢

大常卿卜部朝臣兼永

（28オ）　（27ウ）

(28ウ)

巻八　裏表紙

尊経閣善本影印集成 27
釈日本紀 一 目録・巻一～巻八

発行 平成十五年六月二十五日
定価 本体三〇、〇〇〇円
※消費税を別途お預かりいたします。
編集 財団法人 前田育徳会尊経閣文庫
東京都目黒区駒場四－三－五五
発行所 株式会社 八木書店
代表 八木壮一
東京都千代田区神田小川町三－八
電話 〇三－三二九一－二九六一（営業）
〇三－三二九一－二九六九（編集）
FAX 〇三－三二九一－二九六二
製版・印刷 天理時報社
用紙（特漉中性紙） 三菱製紙
製本 博勝堂

ISBN4-8406-2327-9 第四輯 第6回配本

Web http://www.books-yagi.co.jp/pub
E-mail pub@books-yagi.co.jp